U0018574

69

村上龍 著

張致斌 譯

推薦序

69——青春歌舞片

駱以軍

村上龍在《69》這本小說的後記這樣寫道：

……不能夠快樂過日子是一種罪。到了今天，我仍然無法忘記在高中時代傷害過我的老師。

除了極少數的老師之外，他們都想要從我這裡奪走非常重要的東西。

他們象徵著「無聊」，持續從事將人類變成家畜的工作而不覺得厭煩。

那種狀況至今依然沒有改變，可能還變本加厲了。

……如果只是對他們拳腳相向，到頭來有所損失的還是我。

個人以爲，唯一的報復方法就是，活得比他們快樂。

是啊，你當然活得比他們快樂。這是我以意外的明亮愉快心情（閱讀過程中不時像痙攣般停止不下來地爆笑）看完這本書後，闔上前被〈後記〉裡的那一句話給不安纏擾的想法。

你當然比他們快樂，因爲你比他們聰明，更懂得操弄那些成人世界將「感性」、「知識」、「價値」商品化貨幣流通的靈活法則。如同日後成爲殘虐派暢銷小說教主，「不見作家所特有的架子或彆扭。如同網球的殺球得分般推出力作，其間的空檔，在全世界任何會出現有趣事物的地方，都有可能發現他的蹤影。會去看一級方程式賽車、溫布頓網球，或是世界盃足球賽，彷彿只是去鄰鎭聽演唱會一樣。」而那些無聊的、平庸的人們，則不幸地像那些印度歌舞片的伴舞配角們，在眞實人生裡，依然無聊、平庸，只能舉臂睜眼，不可思議地看著男主角永遠好運地活在神明眷寵的光照裡。

對不起，我必須要說，這個小說，眞的是一部「青春歌舞片」，節奏如此歡快，換場如此滴溜溜轉讓人眼花撩亂，男主角像跳著踢踏舞翻轉著魔術禮帽的金凱瑞，一臉怪像，身後跟著輔弼人物——譬如那個英俊而忠實的「礦渣山男」阿達馬，男主角劍當初是以胡吹韓波的詩而收服了這個比他更有資格成爲男主角的少年友伴：

……阿達馬的閱讀量與日俱增。因爲生性勤勉，一旦有了興趣就會腳踏實地去學習。以前的話，我可以輕易唬住他，可是現在越來越難了。前不久他才因爲看完卡繆的《瘟疫》，巴岱耶的《有罪者》，以及於斯曼的《歧途》而興奮不已。我嘴裡雖然說「現在才看這些，已經跟不上流行啦」，內心卻感到焦慮。當然，不論是沙特的全集、普魯斯特的《追憶似水年華》、喬伊斯的《尤里西斯》、中央公論社的世界文學或東歐文學全集，或是河出書房的世界大思想與密教全集、《印度愛經》、《資本論》、《戰爭與和平》、《神曲》、《致死的疾病》、凱因斯全集、盧卡奇全集，還有谷崎全集，我都只知道書名而已。至於我會最喜歡，甚至會在對白旁畫紅線的書，就是《小拳王》、《龍之路》、《無用之介》，以及《天才傻瓜》了。

也許我知道這本書爲何讀來如此讓人愉快了：因爲所有事物的景深都消失了。這個故事的開頭完全像是校園演劇或「吉本新喜劇」之類的開場旁白：

一九六九年，這一年，東京大學取消了入學考試。披頭四推出《白色專輯》、《黃色潛水艇》以及《艾比路》，滾石合唱團則推出了最佳單曲〈Honky Tonk Women〉，還出現了蓄長髮、主張愛與和平的人，稱爲嬉皮。在巴黎，戴高樂下野；在越南，戰火持續延燒。高中女生已經不再使用衛生棉條而改用衛生棉了。

所有事物的影子因爲光源來自舞台燈而非日照，所以消失了。Bell & Howell 的無伸縮焦距攝影機喀喇喀喇響著；小說裡的人物們在公車上玩著「不論被問到『你叫什麼名字？』『你最喜歡什麼？』『你住在哪裡？』『你的嗜好是什麼？』的問題，一律必須回答『猩猩的鼻屎』，笑的人就輸了」這樣的遊戲。非寫實的景觀像臨時搭蓋漆畫的佈景：

許一如小說中他們惡搞拍的一部地下電影的片名：「給洋娃娃與高中男生的練習曲」——他的一九六九年的青春傷逝之歌。所有的事情都是笑嘻嘻在扮戲、唬爛，少年之間的親愛打屁或色情吹噓。即使連這本書最接近革命暴力的一次行動——劍和他的同伴阿達馬、中村諸人組成了反權力組織「跋折羅團」（梵語意思是情慾的、憤怒的神祇），趁夜晚溜進無人校園進行「封鎖行動」，他們在牆上漆上「粉碎國體」、「讓想像力掌權」這樣讓人激動的話語——實情卻是，諸人像參加小內小南《火焰挑戰者》闖進恐怖鬼屋的小孩，胡亂跑進女子更衣室拿著衣櫃裡的女性襯衣嗅聞，其中一人臨時腹瀉於是拉了一泡臭屎在校長桌上，事後發現寫在牆上的漢字還把「快拿起武器」的「武」寫成考試的「試」。事後即使被抓出來，那些村上龍所謂「都想要從我這裡奪走非常重要的東西」的校長、老師、警員們，其實表現得近乎老實良善的束手無策或不知如何面對這些少年。問題是這一切的「對革命行動或話語的低位模仿」的鬧劇行動，只爲了劍一人想藉此「演出」，完成一個少年任性、異想天開、華麗求偶之舞。書中的女主角，被他形容爲天使、珍淑女，「夕陽透過彩繪玻璃照射在她的側面，像是一幅印象派的畫作」的美麗女孩松井和子。事實上這個目的後來也算是達成了，但村上龍又將那極危險滑入通俗小說的Ending畫面曝光淡出，拉回至哀樂中年細數眾人日後不同境遇的時光旁白。

因爲那確實只是「練習曲」罷了。

某部分來說，《69》這個小說可算是另一種可能的《五分後的世界》。我想到夏目漱石的《從此以後》：這個故事裡，男主角愛戀上友人的妻子，自己卻是個靠父兄資助，無能獨力生活的廢材。有極好的品味和對女人優美如「靜夜兀自綻放的曇花」的感性能力，但卻只能在父親給他的大宅院裡如獸檻中打轉疾走。對他來說，愛上有夫之婦（這個美麗的女人活在一種霧中風景般，悒鬱不幸的婚姻狀態），成了他燒盡所有想像力也無法解圍的難題。像用竹筷撥撈蛛網上的蝴蝶，卻只是讓那脆弱顫振的翅翼，和蛛網更稠黏縛綁在一起。

《從此以後》的恐怖像在一瀰漫瓦斯的暗室中，決定要不要去點燃火柴？照亮全景的一瞬，你只看一眼的戀人的臉和房間景象，即同步在氣爆中，焚滅炸毀。小說的結局是女人抑鬱病死。而男主角在街上狂奔，眼前的街景「是不是瘋了？全像燃燒那樣，嫣紅地旋轉起來。」

另一個偏斜而過的《五分後的世界》，是三島的《金閣寺》：

如此幻美絕倫，不該存在於闇黑醜惡的人世時間之流。這個口吃少年因無法逼視，無法將美的執念驅出腦外，且無法等價引渡那永恆之美所對峙的殘缺人生，於是如「南泉斬貓」，已精密的瘋狂計畫放火燒了金閣。

不能承受的重。爲了核心物，爲了最裡面的房間所禁錮的，顫慄虛弱，狂激慾死的，一個決定，一個行動。「此後我將活在地獄之中」的自我償貸，人格失格，在村上龍的《69》那裡，不見了。

也許一九六九年是一個隱藏的，「愛的死亡慾力」退位，換成「以快樂活報復——讓想像力掌權」的，價值換日線。

003—【推薦序】69——青春歌舞片/駱以軍
014—亞瑟・韓波 Arthur Rimbaud
028—鐵蝴蝶 Iron Butterfly
040—珍淑女 Lady Jane
055—丹尼爾・孔班迪 Daniel Cohn-Bendit
069—克勞蒂亞・卡狄娜 Claudia Cardinale
083—讓想像力掌權 L'imagination au pouvoir
096—像個女人 Just Like A Woman
110—亞蘭・德倫 Alain Delon
123—林登・詹森 Lyndon Johnson
137—吝嗇激動 Cheap Thrills
152—戀愛還太早 Non ho L'eta
166—魏斯・蒙哥馬利 Wes Montgomery
180—齊柏林飛船 Led Zeppelin
194—到了四月，她將會 April Comes She Will
208—非法利益 Velvet Underground
222—美好的一天 It's A Beautiful Day
238—【後記】村上龍
240—【解說】林眞理子

給那個時候的朋友……

亞瑟．韓波
Arthur Rimbaud

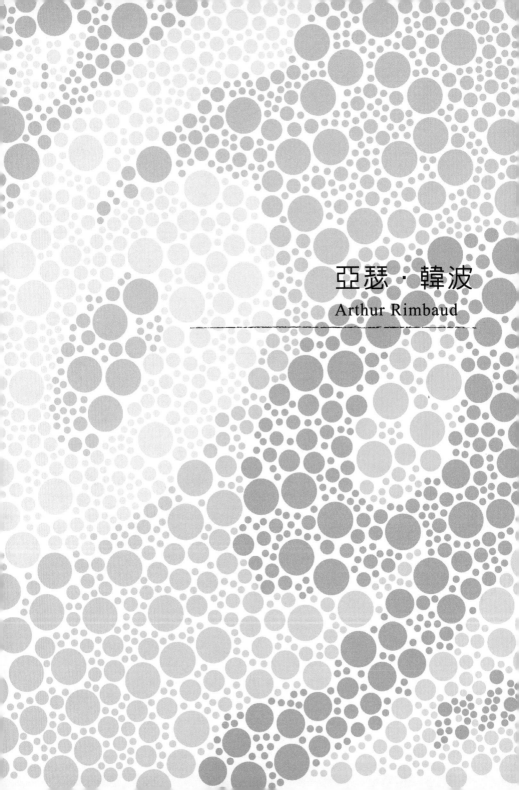

一九六九年，這一年，東京大學取消了入學考試。披頭四推出《白色專輯》、《黃色潛水艇》以及《艾比路》，滾石合唱團則推出了最佳單曲〈Honky Tonk Women〉，還出現了蓄長髮、主張愛與和平的人，稱爲嬉皮。在巴黎，戴高樂下野；在越南，戰火持續延燒。高中女生已經不再使用衛生棉條而改用衛生棉了。

在這樣的一九六九年，我由高中二年級升上三年級。那是一所位於九州最西端，一個基地城市的，普通升學高中。因爲是自然組，只有七個女生。但是有七個已經很不錯了。因爲一年級、二年級時，班上都清一色是男生。一般來說，會選擇自然組的女同學多半很醜，很遺憾，我們班上的七人之中醜的也佔五人之多。其餘兩人，一個是木材商的女兒，名叫望月優子，長得像個丘比娃娃。可是這個丘比娃娃只對圖解式數學IIB參考書以及紅色封面的旺文社英文基本單字集感興趣，我們私下都戲稱她的私處大概是木頭做成的吧。

另外一個是名叫永田洋子的美少女，和三年後震驚社會的赤軍連首腦同名同姓。我們的永田洋子並沒有甲狀腺機能亢進的毛病。

班上有個曾在幼稚園時和那個永田洋子一起學風琴的幸福小子，名叫山田正。這個名字異常簡單，完全由小學一年級就學會的漢字所組成的男孩，還是個立志要進國立大學醫學院的高材生。而且名聲還遠播他校，人又長得帥。

可惜的是，他的帥略嫌美中不足，是種土裡土氣的帥。部分原因在於偏僻地區對山田正的氣質產生了影響。山田正並不是市內出身，而是來自市外的煤礦鎮。如果我們所使用的語言叫做方言的話，山田正那一口煤礦鎮所特有，更為拗口的語言就應該稱為「超級方言」了。實在可惜。如果山田正出身於市內中學，說不定就是個既會彈吉他，又會騎機車，而且對搖滾樂如數家珍的傢伙，上了喫茶店也會點冰咖啡而不是咖哩飯，還會利用當時還在地下流行的大麻要高中太妹讓他搞吧。

但無論如何，山田正長得帥這個事實仍然不容否認。當時，我們給他取了個綽號，叫做「阿達馬」。因為長得跟法國的歌手，阿達摩（Salvatore Adamo）很像。

我的名字是矢崎劍介（發音為Yazaki Kensuke），大家都叫我劍介、劍、小劍、劍仔、劍寶或是劍劍，其中自己最喜歡的是劍，所以都儘可能要求那些比較要好的傢伙這麼喊。那是因爲我喜歡一部叫做**狼少年KEN**的漫畫。

一九六九年，春天。

那一天，升上三年級之後的第一次模擬考結束。我的成績爛透了。

一年級、二年級、三年級，我的成績是直線下降。原因有很多。雙親離婚，弟弟突然自殺，我自己迷上尼采，而祖母又罹患絕症……以上純屬虛構，純粹只是因爲我不想念書而已。

不過，那個時候有種把準備升學考試的傢伙視爲**資本家走狗**的風潮可當作現成藉口，這也是事實。全共鬥雖然已經逐漸失去影響力，畢竟還是讓東京大學取消了入學考試。

當時有種安逸的期待，認爲或許會有什麼改變也不一定。爲了因應那個變化，把目標放在擠進大學窄門可不行，還是抽抽大麻比較好。瀰漫著這樣的氣氛。

阿達馬的座位就在我的後面。「停筆，把答案卷從後面傳過來。」每當老師這麼說，我就可以稍微瞄到阿達馬的答案卷。他作答的分量是我的三倍。

全部考完之後，打算蹺掉班會和掃除的我，試著拉阿達馬同行。

「喂，阿達馬，你知道Cream（鮮奶油合唱團）嗎？」

「Cream？冰淇淋嗎？」

「白癡啊，Cream是英國一個樂團的名字啦，沒聽過喔？」

「沒聽說過。」

「你已經不行了，落伍了啦。」

「落伍？爲啥？」

「那麼，你知道韓波（Arthur Rimbaud）嗎？」

「也是個樂團嗎？」

「白癡啊！是個詩人啦。來，讀讀看，就是這個。」

我把**韓波的詩**拿給阿達馬看。要是阿達馬當時一口回絕的話就好了。可是他卻出聲朗誦起來。如今回想起來，阿達馬的命運就在那一瞬間有了重大的改變。

找到了
什麼？
永恆　那是溶有

三十分鐘之後，我和阿達馬已經來到了遠離學校的市立動植物園長臂猿籠子前。考試結束，蹺掉班會、午餐以及掃除這個時段的我們，肚子也餓了。由於往返煤礦鎮通學太遠，阿達馬在市內租屋。房東還會費心準備飯盒。

我沒有帶飯，而是從母親那兒領一百五十圓當飯錢。或許有人會對一百五十圓這個數字感到訝異，但那是十五年來通貨膨脹的緣故。當時我家絕不算極貧。在一九六九年當時，一百五十圓可是一大筆錢。眞正極貧家庭的兒女，都是靠五十圓，以牛奶（二十圓）、豆沙麵包（十圓）和咖哩麵包（二十圓）來果腹。如果有一百五十圓，就可以吃拉麵、喝牛奶，再買咖哩麵包、菠蘿麵包和果醬麵包。

可是我卻連牛奶也不喝，只以一個咖哩麵包湊合著吃，把剩下的錢都存起來。說那是要去買沙特、尚・惹內、塞利納、卡繆、巴岱耶、法朗士，以及大江健三郎等人的書是騙人的，而是因爲要去咖啡廳或是迪斯可泡那**美女率**超過百分之二十的純和女子學園的超軟派高中女生，無論如何都需要錢。（譯注：軟派，喜好詩歌小說與異性交際，以及時尚流行的人，反之則稱爲硬派。）

在我們那個城市，有北高、南高兩所縣立的普通升學高中、一所縣立高工、一所縣立高商，還有三所私立的女高，以及一所私立的普通高中。由於我們的城市並非大都市，私立高中就成了壞學生的大本營。

我就讀的那所高中，北高，**升學率**笑傲全市，南高次之；高工的棒球很強；高商裡盡是醜女，私立純和不知是否因爲是教會學校，美女的比率高；私立山手學園的女生流行用那種老式收音機的眞空管自慰，由於相繼發生爆炸事故，被評爲瑕疵品很多；私立光化女中的學生則因爲個性不開朗，極少成爲話題；私立普通高中的旭高，據說男女學生的腦袋搖起來都會喀啦喀啦作響。

北高男學生的身分地位象徵是，首先要有北高英語話劇社的女同學當女朋友，純和的制服派當戀人，純和的便服派當情婦，可以看到山手學園女生暴露傷痕，還有光化女中與旭高的女生拿錢倒貼，這麼回事。但不用說，不論過去或是現在，事情都不會盡如人意，還是只能夠先把眼前的標準拋開，想辦法尋找能夠簡單到手的對象，爲此，即使手頭寬裕有一百五十圓，還是不得不忍耐只以一個咖哩麵包果腹。

「啊，等等，我去買個咖哩麵包。」

在長臂猿的籠子前，我直盯著阿達馬的便當盒這麼說。

「一半分你，咱們一塊兒吃吧。」

阿達馬說著，便將一看就是宿舍所準備的，配菜很少的便當，分了一半裝在盒蓋上給我。從學校到動植物園的公車車資是阿達馬出的，要是再讓他這個本來一定會參加班會、擦窗戶的好學生爲我做到這種地步，我會良心不安，於是便拒絕了……這當然是瞎掰的。事實上我是三分鐘就把飯菜解決掉，腦袋裡還忿忿想著這小子可眞是個小氣鬼，明明有三個竹輪怎麼只分我一個，將來或許應該去信用合作社什麼的才對，根本就不適合當醫生。

就好像剛認識的情侶出來野餐常有的狀況，我們吃完午餐後就無事可做了。在無聊的氣氛中看著長臂猿，眞是越看越有氣。如果吃飽了還可以睡個午覺，可是半個寒酸的宿舍便當根本就無法讓人入睡。

因爲無所事事，我們自然就聊了起來。

「劍仔，打算上哪一所大學？」

「別叫劍仔啦，能不能喊我劍？我不喜歡人家叫我劍仔。」

「收到。是不是要去念醫科？一年級時聽你這麼說過。」

因爲下列四個原因，我在學校裡頗有名氣。一是一年級秋天由旺文社所舉辦，以目標定在醫大、醫學系的學生爲對象的模擬考中，我在全國兩萬名考生中排名第三百二十一；二來我是個搖滾樂團的鼓手，可以表演披頭四、滾石、華克兄弟合唱團（The Walker Brothers）、普洛科哈倫合唱團（Procol Harum）、頑童合唱團（The Monkees）、保羅瑞佛和奇襲者樂團（Paul Revere & The Raiders）及其他諸多曲目；第三是過去參加新聞社時曾經三度未經顧問老師審核就出報，而遭到**禁刊回收**的處分；第四則是因爲在一年級的第三學期，由於試圖在三年級的畢業歡送會中將三派系全學連爲阻止美國核子航空母艦靠港的抗爭事件搬上舞台而遭師長群起制止。因爲我被大家認爲是個怪胎。

「什麼醫學系，不考了。考得上才怪。」

「劍，那你打算上文學院？」

「也不想進啥文學院。」

「那幹嘛讀詩啊？」

我可不能說是要念給女孩子聽來泡妞的。因爲阿達馬是個硬派。

「其實我並不喜歡詩，只有韓波例外。韓波，現在已經算是常識了。」

「常識？」

「韓波甚至還影響了高達（Jean-Luc Godard），你不知道嗎？」

「啊，高達我知道，去年的世界史課有上到。」

「世界史？」

「不就是印度的詩人嗎？」

「那是泰戈爾（Rabindranath Tagore）啦，高達是電影導演。」

我給阿達馬上了大約十分鐘的高達課。諸如他是法國新浪潮的旗手；陸續執導了不少革命性的電影；「斷了氣」精采的最後一幕；「賴活」中荒謬的死；「週末」那種破壞性的剪接等等。不用說，高達的作品我一部也不曾看過。因爲高達的電影根本不會到九州西端的小城市來放映。

「照我看來，文學啦小說啦都已經過時，不夠力了。」

「電影呢？」

「不行，電影也落伍了。」

「那要搞什麼才好？」

「**嘉年華會**啊，把電影、戲劇還有音樂全都加起來一起搞，沒聽說過嗎？」

「沒有。」

沒錯，當時我想搞的，正是嘉年華會。嘉年華，這個字眼令我興奮。各式各樣的活動、話劇、電影再加上搖滾樂團，一定會有各路人馬來湊熱鬧吧，一定會吸引好幾百個純和的女生吧，因爲我既要秀鼓藝又要放映自己執導的電影，而且劇本和主角也都由本人包辦，所以純和應該會來吧，北高英語話劇社也會來吧，眞空管也會來吧，腦袋喀啦喀啦也會來吧，光化的女孩一定也會蜂擁而來送錢獻花。

「我啊，想在這個城市辦那種嘉年華會。」

我突然用標準語說話。

「阿達馬，你可要助我一臂之力喔。」

當時，北高的反體制分子分成三派。軟派、搖滾派，以及政治派。軟派的重心是菸、酒、女人，再加上偶爾爲之的幹架和賭博，也會和地痞流氓來往，核心人物叫做城串裕二。搖滾派別名藝術派，會儘可能把頭髮留長，喜歡在腋下夾著《新音樂雜誌》、*Jimi Hendrix Smash Hits*和《美術手帖》，走路時會邊比出V字手勢口中邊喃喃念著Peace Peace。政治派，和長崎大學的社青同解放派（譯注：全名爲社會主義同盟解放派）有淵源，合資租下房間，在牆上貼了毛澤東和切・格瓦拉的照片，還會偷偷在校內散發傳單，以成島五郎和大瀧良爲中心。其他還有崇拜北一輝的右派、喜歡民謠的民青派、機車派、發行同人誌的文藝派等等，但畢竟都只是少數派，沒有動員能力。（譯注：北一輝，1883-1937，本名輝次郎，國家主義者，著作《日本改造法案大綱》對陸軍年輕軍官造成深遠影響。）

我並不屬於其中任何一派，可是會與主流的三個派系和平往來。由於玩樂團的關係常與搖滾派聚會，偶爾會和城串那夥人喝喝啤酒，也曾經參加在成島和大瀧的祕密基地舉辦的討論會。

「嘉年華會是啥玩意兒？」

「這個嘛，以日語來說，就是祭，祭嘛。」

「祭喔。」

新聞社有個家裡開小百貨行的岩瀨，雖然一看就是個小百貨行家的孩子，卻是我的好友。岩瀨是我一年級的同班同學，個子小而且腦袋不靈光，或許是在父親早逝又有四個姊姊的家庭長大，他對藝術充滿渴望，才會想要結交我這個畫家的兒子。

我常和岩瀨談論關於嘉年華的夢想。因爲我們兩個都是《美術手帖》和《新音樂雜誌》的忠實讀者，很嚮往上面介紹的搖滾嘉年華與以即興表演爲主的嘉年華。搖滾嘉年華和即興嘉年華有個共同點，就是都有裸女。關於這一點，我們兩個是心照不宣。

有那麼一天，岩瀨對我說。

「劍哥，把山田拉來入夥吧。山田人長得帥成績又好，和劍哥搭檔的話鐵定無往不利。」

「你的意思是我既不帥成績又爛囉？」我反問，岩瀨連續說了三次不是。

「該怎麼說呢，我沒有惡意呦，在點子方面劍哥的確沒話說，不過，總是光說不練對吧？喔不，也不盡然是光說不練，但老是只想到女孩子和吃吃喝喝的。」

岩瀨和我想拍電影，爲了買八釐米攝影機而在二年級的時候開始存錢。把零用錢和午餐費攢下來。可是存到六百圓的時候，我卻因爲請純和的女生吃泡芙和雞肉飯把錢敗掉了。岩瀨指的應該是這件事。

確如岩瀨所言，出身煤礦鎭的阿達馬長得帥成績又好，所以很得人緣。直到二年級都一直在籃球隊，在解決社員的人際關係、女性關係以及金錢關係方面的糾紛上很有實績。

爲了讓嘉年華得以實現，一定要把阿達馬拉過來才行。

我和阿達馬離開長臂猿的籠子，上了瞭望台。太陽正逐漸往海那邊傾斜。

「現在，大家應該正準備打掃吧。」

看著大海這麼說完，阿達馬笑了。我也笑了。阿達馬正在享受蹺課的快感。

詩集再借我看一次，他說。

找到了
什麼？
永恆　那是溶有
太陽的大海

阿達馬朗誦著。看著太陽在水面形成光帶的大海，「這本詩集可以借給我嗎？」阿達馬問道。我索性連**鮮奶油**和香草富奇（Vanilla Fudge）的專輯都一起借了他。

在我至今三十二年的人生中第三有趣的一九六九年，就這麼開始了。當年，我們十七歲。

鐵蝴蝶

Iron Butterfly

一九六九年，我們十七歲。而且還是**處男**。十七歲的處男，並不是什麼值得誇耀或需要覺得不好意思的事，卻很重要。

剛滿十六歲那年的冬天，我曾離家出走。理由是對升學考試制度感到疑惑，並且想離開學校及家庭走上街頭，去思考三派系全學連於那一年進行企業號抗爭的意義……以上純屬虛構，事實上是因爲不想參加越野賽跑。我一直爲長跑所苦。自從國中開始就不喜歡。當然到了三十二歲的現在仍然非常討厭。

我並非虛弱兒。只是有跑沒多久就開始走的毛病而已。我會在轉眼之間停止跑步。並不是因爲會出現側腹痛、想吐、暈眩之類的現象，而是只要稍微覺得累，便會立刻開始用走的。事實上，我的肺活量超過六千。剛進高中沒多久，我和其他十二、三位同學就被叫去田徑隊辦公室。田徑隊的教練，是個畢業於日本體育大學的年輕老師。當時，爲了兩年後要在長崎縣舉辦的國民體育大會，學校增聘了六名年輕的體育老師。他們的專長分別是柔道、手球、籃球、三鐵、游泳，以及長跑。之後，就在一九六九年，當我們站出來高喊「粉碎國體大會」的口號時，他們就成了代罪羔羊，變成被攻擊的目標。他們依然對我們懷恨在心。

這位名叫川崎的田徑隊教練，是全國五千公尺的第三紀錄保持人，和林家三平（譯注：落語家）像是一個模子刻出來的。他向在辦公室集合的新生們這麼說道：

「各位同學，你們雖然才十五歲，可是個個都擁有可觀的肺活量，各位務必要來組成驛傳隊，我希望能讓你們奪下冠軍，這當然不是強制參加，但如果各位已經有自己命中注定適合長跑的覺悟，務必要加入我們田徑隊。」

知道自己竟然擁有適合長距離賽跑的心肺機能，實在令我錯愕。

寒假過後，體育課便全部排成越野賽跑練習。一年級的時候，我便常遭川崎臭罵。動不動就慢下來走路的我，被川崎說是人渣。

「我告訴你，跑步是一切運動，喔不，應該說是生活的基礎，常聽到有人將人生比喻成馬拉松對吧，矢崎，你的肺活量高達六千一，卻吊兒郎當從來沒有跑完全程過，你眞是個人渣，人生的落伍者。」

可是，對一個善感的十五歲少年使用「人渣」、「人生的落伍者」這類的字眼好嗎？那是從事教育工作的人應該說的話嗎？不過我多少也能了解川崎的感受。因爲我通常是跑個五百公尺，之後就和那些虛弱兒一起邊走邊聊披頭四、女人或是摩托車，到了終點之前的五百公尺才又開始跑，所以抵達終點之後連個大氣也不喘一下。

「都是我的教育方式出了問題。」由朝鮮撤退歸來，吃過很多苦的母親，如今依然這麼說。只要稍微吃點苦便馬上喊停，稍微遇到一點困難便立刻放棄，總是往輕鬆容易的地方鑽，這就是我。雖然可悲，卻是說對了。

不過，一年級的時候我還是參加了越野賽跑。北高的越野賽跑路線是由校門口出發，爬上烏帽子岳的山腰再折返，路程總共七公里。我和其他虛弱兒以及沒有毅力的傢伙一起在山路上默默走著，沿途還不斷被晚五分鐘出發的女生追過，到了回程的下坡才開始快步跑，當其他大部分學生都氣喘吁吁裹上了毛毯，有人嘔吐而被送進醫護室，有人用顫抖的手拿著薑湯喝的時候，我卻在六百六十二名男生中以五百九十八名的成績抵達終點，還邊以口哨吹著〈A Day in the Life〉。所以不只是川崎，幾乎所有老師都認定我是人渣。

容易受傷的我，因爲不想再嘗到那種滋味，於是在十六歲，也就是高二那年冬天離家出走。

去郵局將還不到三萬的存款提領出來，我便動身前往九州的大都會，博多。

此番離家出走除了逃避越野賽跑之外，還有另一個重大課題。

那就是告別處男之身。

抵達博多之後，我隨即住進當時九州最豪華的天神全日空大飯店，然後迅速穿上喬治．哈里遜式的蘇格蘭粗呢夾克上街去。當我走在滿是落葉的紅磚道上，邊唱著〈She's a Rainbow〉的時候，「嗨，小哥！」突然有女人的聲音傳來。一個令人心跳加速的淡紫色黃昏。跟我打招呼的是一個駕駛銀色積架E型車，非常神似瑪莉安．菲絲佛（Marianne Faithfull）的日本大姊。大姊勾勾食指，打開積架的車門，以流利的標準語說：「有事情想要麻煩你，如果可以的話請上車。」我一坐上積架，一股令人神志不清的香水味撲鼻而來。「事情是這樣的，」大姊開始娓娓道來。「我原本是個超級模特兒，因爲發生了一些事情從東京流落到這裡，現在在中洲一家名叫『仙人掌』的高級俱樂部兼差，可是最近被客人糾纏，很傷腦筋，有個像是黑道的熊本木材廠老闆吵著說要包養我，可是我既不缺錢也不願意被包養，所以推說有個罹患心臟病的弟弟，想和弟弟相依爲命。其實我根本就沒有弟弟，正打算找人冒充時，和對方講好的日子卻已經到來……」所以要我假扮她的弟弟一天。在注意力完全被她那銀狐皮大衣、鮮紅的蔻丹，以及迷你裙下露出的修長雙腿所吸引的情況下，我二話不說就答應了。大姊帶我前往木材抵達博多之後我隨即去看了三片連映的小電影。吃過拉麵和鍋貼，又去看脫衣舞。凌晨一點多離開那間小屋，正沿著河邊走著時，一個歐巴桑皮條客過來搭訕：「小哥，要不要來爽一下？」於是我付了三千，走進一家骯髒的賓館，一個像隻狸的黑眼眶歐巴桑出來打招呼。看著那隻狸的肚子，我想到或許正在擔心哭泣的母親。雖然我開始想哭，已經沒有開葷的心情了，卻還是在那隻狸的指導下脫光衣服。那隻狸想必打算速戰速決，可是我怎麼也硬不起來。以一隻狸爲對象根本不可能硬起來。「沒辦法啦，我就打開大腿讓你看，小哥你自己解決吧。」那隻狸說。我這還是第一次看到。也不怎麼樣。我把狸轟了出去。狸走的時候狠狠抽走一萬圓。我在絕望的氣氛下離開賓館，再度沿著河岸走，盤纏已經少了一半，打算去車站的候車室睡一晚而不住旅館，於是向一個穿西裝打領帶像是上班族的人詢問車站的方位。聽我說想睡車站，男子表示可以去他家。一來心情很糟，這份親切也令我高興，便跟著前往男子的公寓住處。雖然他做了鹹牛肉三明治給我吃，但不用說，他是個同性戀。禍不單行，我眞的火大了，於是從背包中抽出登山刀插在桌上。因爲他不但摸我的大腿，不住在我耳邊低喃說很舒服吧，還試圖吻我的嘴。男子見了刀不由得發抖。我原本認爲搞不好可以從這傢伙身上弄回被那個媽媽桑和狸拿走的一萬三（還有旅館費四千），但偏偏就那麼不巧，市民文化團體連合」）。住在基地城鎮的人都很清楚美國有多麼富強。每天聽幽靈式戰鬥機呼嘯的高中生，都覺得軟趴趴的民謠簡直連屁都不如。所以當觀眾跟著打起拍子時，我卻只是在遠處觀看，嘴裡邊嘟囔罵著笨蛋而已。歌曲之間穿插有演講。不外乎要美國退出越南之類的老生常談。國中時的同學中有個娼婦的女兒，名叫增田千代子。參加書法社的她經常得獎。是個認眞的女生。國中二年級的時候，我收到增田千代子的情書。信中表示想要跟我通信。「我喜歡赫塞，記得矢崎同學曾經在班會上表示也喜歡赫塞，我很高興，所以想以通信的方式來交換對赫塞及其他事物的看法……」當時我已經有意中人，所以沒有回信。高一時的某一天，我在路上遇到挽著一個黑人大兵，染了頭髮濃妝豔抹的增田千代子。雖然四目相遇，增田千代子卻假裝沒看到我。我家隔壁也住著幾個賣春女，所以曾經數度偷看她們和美國大兵做愛。增田千代子是否也會像她們那樣，吸吮黑人大兵的雞雞呢，我心想。沒想到書法和赫塞居然會換成黑人大兵的雞雞。聽著越平連膚淺的反戰民謠，我的心情再度低落，好想逃開，可是一來疲累，又不知該去哪裡才好。正當我嘀嘀咕咕數落民謠時，一個手持塑膠袋的女孩子來到身旁。你也不喜歡民謠喔，**吸膠少女**問。不喜歡，我回答。「我叫小愛，請多指教。」看似反應有些遲鈍的吸膠少女自我介紹。我和小愛聊了有關鐵蝴蝶（Iron

Butterfly）、黃色炸藥（The Dynamites）、普洛科哈倫合唱團的話題。眼神已經有些迷濛的小愛要我站起來，手拉手一起離開。小愛原本是個美容師，夢想能夠去美國看死之華合唱團（Grateful Dead），可是越來越覺得靠這份薪水根本就去不了美國，最後終於變成到處遊蕩的嬉皮。去喫茶店喝了冰淇淋蘇打，上搖滾樂喫茶聽門戶合唱團（The Doors），到百貨公司逛逛之後去食堂吃天婦羅烏龍麵，入夜之後打算去迪斯可，可是那家店不歡迎嬉皮，所以我和小愛被趕了出來。「來跟我做吧。」小愛引誘我去她家。將童男之身獻給一個有些頭腦不清喜歡搖滾的吸膠少女，我覺得非常理想。和北高英語話劇社的才女搞上或許會被迫結婚，和貍又太委屈了。小愛家在遠離市區的台地。因爲是不錯的住家，我正覺得納悶的時候，果然她媽媽出來了。小愛媽媽眼中含淚，大聲嚷嚷些高中啦輟學啦社會人啦不良啦爸爸的公司啦沒法做人啦自殺什麼的。已經迷迷糊糊的小愛根本不理媽媽，只想把我拉進門，可是魁梧的哥哥從屋內出來狠狠瞪著我，嚇得我直往後退。哥哥一把搶走小愛的塑膠袋，並且給了她一個耳光。然後對我怒吼：「給我滾！」因爲有挨揍之虞，我逃走了。小愛說了聲抱歉，最後還緊握著我的手。

後來因爲受不了博多這個地方，我經熊本前往鹿兒島，然後乘船去了奄美大島。依然保持童子之身。更不幸的是，兩個禮拜之後回學校一看，越野賽跑因雨順延，還沒有舉行呢。

因此之故，十七歲的我依然是個清白的處男。可是同樣是十七歲，卻有人能夠輕易搞到女人。那就是由我擔任鼓手的搖滾樂團「空棘魚」的貝斯手，福島清。我們都叫他阿福。阿福雖然才十七歲，卻有貌似中年人的長相。身體也很壯碩。高一時，阿福和我一起在橄欖球隊待了半年。橄欖球隊辦隔壁是田徑隊辦。二年級有個一百公尺全縣紀錄保持者的短跑健將，某日我和阿福正好在辦公室前和他相遇。高一的阿福長得卻像二十好幾，使得對方誤以爲是學長而鞠躬道早。阿福覺得有趣，便問道：「喂，你有沒有進步一些呢？」對方立正回答：「有，現在一百公尺跑十一秒四。」阿福接著又說：「嗯，還可以，繼續努力啊。」我們忍不住大笑出聲，後來阿福是一年級的事情曝光，被橄欖球隊和田徑隊的學長們海扁了一頓。阿福就是這樣一個男孩，問他怎麼樣才能夠釣到馬子，他總是這麼告訴我：

不要太過奢求。

雖然我將嘉年華定爲目標，並決定首先要拍攝電影，卻還是被入夥的阿達馬嚇了一跳。因爲他立刻就弄來一部Bell & Howell的八釐米攝影機。聽說他是到處一個個去問低年級看看誰家有八釐米攝影機，再由城串裕二出面威脅那個回答說家裡有的小子，就弄到了。

接下來的工作是尋找女主角人選。我主張除了松井和子之外不做他想。阿達馬和岩瀨都認爲那是癡人說夢。因爲松井和子別號珍淑女（Lady Jane），是個在其他學校也很出名的美少女，而且，還是英語話劇社社員。

珍淑女

Lady Jane

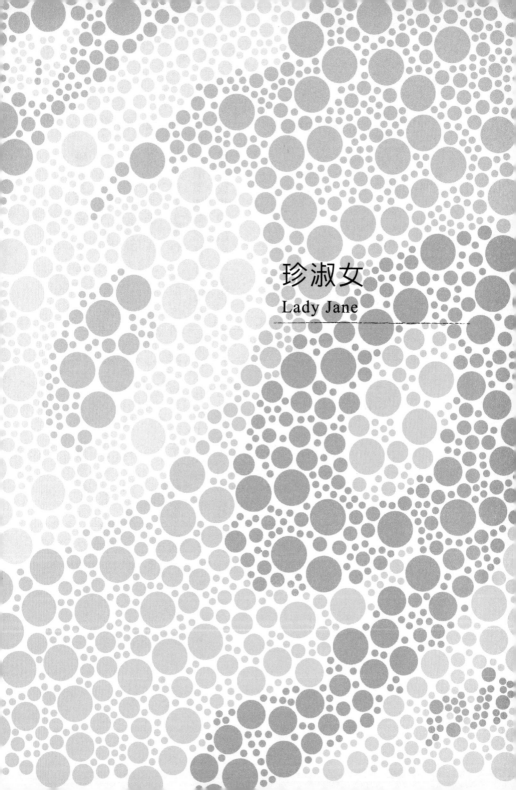

當時流行拍電影。自從東京的高中生在電影雙年展中擊敗那些前衛自主電影老將作家獲得大獎之後，就開始流行起來。大家都認爲那是簡單，而且是最先進的表現方法。眞是不可思議。不論我、岩瀨、阿達馬或是其他任何人，明明連一部自主製作的地下電影都沒有看過，卻懷抱著憧憬。就好像在納粹佔領下，大西洋沿岸的法國人，對從未見過的美軍懷抱憧憬一樣。

「好，就這麼辦吧，怎麼樣？我們還是避免採用高達式的即興拍攝，先寫好劇本，這該怎麼說呢，就拍得魔幻複雜，仿照肯尼斯・安格（Kenneth Anger）的風格，然後運鏡就以裘納斯・馬卡斯（Jonas Mekas）的風格來處理。」

我這麼說，阿達馬和岩瀨都邊聽邊點頭贊同，可是誰也不知道到底要拍一部什麼樣的電影。就如同一心一意只想談戀愛的女孩子，我們只是一心想要拍電影而已。

一個春光明媚的四月下旬午後，我和阿達馬、岩瀨去看英語話劇社排演，心頭小鹿亂撞。爲了在九州英語話劇比賽中拿下冠軍，北高引以爲傲的美少女們，正在努力排練莎士比亞。

禮堂門口已經擠滿了男學生。以軟派的傢伙爲主，領口敞開、下身配喇叭褲和蛇皮涼鞋的城串裕二站在集團的正中間。城串裕二自一年級開始就很迷戀松井和子。爲什麼流裡流氣的傢伙就是會迷戀清秀文靜的美少女呢？但不用說，松井和子根本沒把他放在眼裡。

「呦，劍仔，來做啥咧？」

城串看到我們，揮了揮手。

「喔，沒什麼，只是想來學學英文嘛。」

我扯謊，可是城串裕二卻一臉正經。

「你說謊吧？」

爲什麼這種流裡流氣的傢伙就是能夠拆穿安善良民的謊話呢？

「你是來看誰的？由美？玄子？美繪子？幸子？」

沒錯，英語話劇社的確有好幾個出名的美少女。我、岩瀨，還有阿達馬面面相覷。城串裕二的心裡應該已經有個底了吧。

「難不成是來看可愛的和子？啊，你是來看和子的？」

「可以這麼說，但不是你想的那樣。」

說時遲那時快，城串裕二抽出懷中的匕首就往我大腿插下去……這是瞎掰的，不過他還是揪住我的領子。

「要是哪個人膽敢動和子，就算是劍仔，我也不會放過的。」

城串裕二如此出言恐嚇。可是阿達馬一說：「裕二住手！」他隨即放手，笑稱只是開玩笑。阿達馬並加以解釋。

「裕二，你別誤會，劍呢，是打算拍一部電影，還記得吧，我們之前不是向二年級的增垣借了八釐米攝影機，就是想用那部攝影機來拍電影嘛。」

「電影？那怎麼樣？跟和子有啥關係啊？」

「所以囉，我們打算找松井和子擔任女主角嘛。」

我突然用**標準語**說道。

「裕二，北高學生拍電影，這可是北高有史以來頭一遭，這種時候，還有其他人能夠擔任女主角嗎？嗯？如果不找松井和子主演還有誰能主演呀？」

阿達馬說得眞好。城串裕二的眼睛爲之一亮。「喔喔，原來是這麼回事，嗯，沒有其他人選了，我也這麼認爲，除了松井和子之外就沒別人了……」

「你也這麼認爲吧？所以啦，如果不讓劍去見見松井和子，就不會有什麼靈感囉。」

聽了阿達馬這番話，城串裕二不住點頭，握著我的手說：「知道啦，一定要拍得比淺丘琉璃子還美喔。」然後舉腳朝擠在禮堂門口最前排那些傢伙的屁股踹去，把路讓出來。能讓松井和子擔任女主角，裕二立刻變得興致勃勃，大聲嚷著什麼主題曲最好用石原裕次郎的歌啦、讓松井和子飾演孤兒院出身的遊覽車導遊小姐啦、自己也要軋一角演個殺手之類的。看到這種情形，阿達馬低聲說道：「劍，這樣不太妙喔。」是不妙，要是讓松井和子看到這種場面，肯定不會答應來演出電影了。也就是說，要是讓松井和子看到我們和城串裕二一起嚷著電影電影電影的場面，可是會被她討厭的。畢竟松井和子很討厭城串裕二。阿達馬的腦筋動得眞快。

「劍，你一個人過去吧，松井和子應該還在社辦才對。」

「該怎麼說才好呢？那裡全是女孩子耶。」

「你還是新聞社的人吧，劍？」

「嗯。」

「說去採訪的不就得了？」

於是，我就單槍匹馬，前往位於禮堂最裡面的美少女聖域，英語話劇社社辦了。

回頭一看，所有的男生都朝我揮手。還有人揮舞學生帽大喊加油。阿達馬則在安撫吵著隨行的城串裕二。

社辦傳來陣陣花香。讓我忍不住想唱老虎合唱團的〈花項鍊〉。如花綻放的姑娘們正在開滿花朵的原野上練習英語。開場白可把我難倒了。如果用請問、大家好，或是不好意思之類的，似乎一開始就輸了。我絞盡腦汁，但就是想不出帥氣的話來。正考慮是否該用英語的時候，英語話劇社的顧問，吉岡老師，從裡面走出來。一個總是穿著英國製西裝，自大，頭上抹著油膩膩的髮油，惹人厭的中年人。

「有事嗎？」

吉岡問道。好像在懷疑你這種小子，到這個神聖的社辦來有什麼企圖似的。

「嗯，我是新聞社的，」

「矢崎對吧？我知道你的名字，不記得我教你們班文法了嗎？」

「沒錯。」

「什麼沒錯，你老是蹺課，人根本就不在嘛。」

完蛋。沒料到會冒出這麼一個老師說出這樣的話。情勢不利。雖然吉岡令人討厭，但是溫和敦厚，從來不揍人，所以他的課我幾乎全蹺掉了。新學期的期中考也是紅字。他的雙眼隔著黑框眼鏡緊盯著我。

「所以呢？你是來幹什麼的？別說你想加入英語話劇社，那是不可能的。」

裡面傳來銀鈴般的笑聲。因爲美少女們正看著這邊的言辭交鋒。所以我絕不能輸。

「我是來採訪的。」

「採訪什麼？」

「**越戰。**」

「我怎麼沒有聽人提過呢，你應該知道，要先向新聞社的顧問老師報備，獲得許可，然後顧問老師再來跟我討論，我同意之後才算ＯＫ，可不能自己要來就來啊。」

當時無論在東京或是九州，新聞社都是反抗分子的大本營。各社團間的橫向聯繫也都被切斷。因爲學校最不喜歡學生組織起來了。就連新聞社的調查或採訪，也都有一套必須事先經過顧問老師之間審核的手續。集會更是想都別想。學生會已經接受了那樣的體系。學校方面利用順從的御用學生會，做得像是學生自主所決定的一樣。簡直就是監獄。簡直就是軍事統治的殖民地。令人氣結。

「好吧，不是採訪。」

「那是什麼？」

「喔，嗯，是來閒聊的。」

「自己看一下，大家都在忙，沒有那種閒工夫喔。」

社辦裡傳出嘎吱嘎吱的聲音，大家正在刻印刷英語劇本的謄寫鋼版。一半的人沒有理會我和吉岡的對話，有一半正在看著。松井和子把鐵筆抵在臉頰上觀望。好像小鹿班比的眼睛。一雙會令男人產生鬥志的眼睛。

「眞可笑。」

我說道，並且嘖嘖作聲。吉岡嚇了一跳。

「什麼東西可笑？」

「什麼莎士比亞啊，眞可笑，越南每天都有好幾千人死去啊，老師。」

「什麼？」

「那扇窗戶外面的港口，每天都有美國軍艦出航去殺人喔。」

吉岡慌了手腳。鄉下老師並不習慣應付叛逆學生。如果單純只是不良學生只要揍一頓就好，可是又不能來這一套。

「你的行為，我會向新聞社的老師報告。」
「老師，您好戰嗎？」
「你在說什麼？」
吉岡是戰中派（譯注：在第二次大戰期間度過青年時代的世代）。或許是有種種經歷吧，他的臉色一變。戰爭實在很好用。可以善加利用，作為與老師討論的題目。教導我們戰爭是錯誤行為的老師，立場會顯得薄弱。所以這些傢伙必定會閃避。
「矢崎，你回去，我們還要忙。」
「老師討厭戰爭嗎？」
吉岡是藝術愛好者。個子也不大。不知道過去是否曾經從軍。如果當兵的話，是那種會受欺負的類型。
「如果討厭卻又不表示反對，就太懦弱了。」
「那扯不上關係吧。」
「有關係啊，美軍正在使用我們的港口啊，而且是為了去殺人。」
「這不是你們該去思考的問題。」
「請問誰該去思考呢？」
「矢崎，這種事情，還是等你大學畢業，就業，結婚生子，變成成熟的大人之後再說吧。」

混蛋。**再說**，這是什麼話啊。

「不是大人就不能夠反戰嗎？那麼，在戰爭中，難道小孩不會死掉嗎？難道高中生不會死掉嗎？」

吉岡滿臉通紅。就在這個時候，身爲田徑隊隊長的體育老師川崎正巧經過。柔道社的相原也在。可是我並沒有發覺。沒有任何反應就等於是贊成嘛就等於是贊成戰爭嘛從事教育工作的人竟然贊成殺人這樣好嗎，正當我對著吉岡滔滔不絕的時候，突然被相原揪住頭髮，連吃了三記耳光，然後被推倒在地。「矢崎——！」相原吼道。相原雖然是個畢業於民族系大學的笨蛋，卻是個曾獲全國中量級冠軍、耳朵受傷的可怕傢伙。「給我站起來——！」他又吼道。把人揍倒又要人站起來是什麼意思啊，我不禁怒從中來，但由於那受過傷的耳朵和鼻子的壓迫力，我還是愣愣站了起來。「臭小子，用什麼口氣對老師說話啊啊啊啊！」說著，他又賞了我一個耳光。手掌又厚又硬，打耳光的威力很大。矢崎，你就只有那張嘴巴厲害，連個越野賽跑都跑不完，一張嘴倒是伶牙俐齒的……這是川崎的台詞。爲什麼這個時候又提起越野賽跑的事情呢，因爲懊惱，眼淚在我的眼眶中打轉。要是哭出來就完了。因爲松井和子正在看。千萬不能哭啊。相原不懷好意地笑著。因爲畢業於三流大學的自卑感作祟，相原特別喜歡揍我這種學生。城串裕二那些人也經常被這個相原修理。在上柔道課的時候，被他用絞技勒脖子，被捏蛋蛋，被推去撞牆，被扯著耳朵掃倒，諸如此類的。可是，膂力大的老師硬是要得。他揪著我的頭髮，硬拉到老師辦公室去。城串裕二、阿達馬和岩瀨都嚇了一大跳。「難、難道……」裕二說道，「難、難道，難道他去欺負和子了嗎……」

我被罰站在老師辦公室一個小時。罰站時最慘的是，每個老師經過的時候都會問我做了什麼。而且每一次都非得說明事情經過不可。新聞社的顧問老師和級任導師都去向吉岡、川崎和相原道歉。結果就是，我害得兩位老師丟了面子。

總而言之，和松井和子連一句話都沒能夠講到。

八釐米攝影機被阿達馬拿走的二年級學生找上門來。名叫增垣達夫。增垣這個姓氏聽起來還眞像個色鬼（譯注：發音像是打手槍小子）啊，我和阿達馬忍不住笑了出來，可是增垣卻很認眞。因爲加入了由成島和大瀧所主導的政治團體，所以增垣前來放話，若是電影的主題與抗爭無關，八釐米就不借給我們。「好啦好啦，」阿達馬安撫他，「就算不是直接以抗爭爲主題，也有好比高達那種以象徵手法來呈現的各種表現方式，不是嗎？」以這種說詞打馬虎眼。最後增垣丟下一句：「總之我希望你們去見見大瀧和成島。」便離開了。

「早安。」

一聲春風般的招呼傳來。上學時，在學校前面的坡道上，回頭一看，竟然是小鹿班比。是松井和子。我渾身發抖。

「啊，早安。」

我回答，然後笑嘻嘻地將手搭在和子肩上，撫著她的秀髮……以上純屬虛構，我其實是不知該說什麼好。

「矢崎同學，搭公車嗎？」

話題是通學的方式。

「喔不，我走路，妳呢？」

「我搭公車。」

「公車，很擠吧？」

「嗯，不過，還好。」

「對了，『珍淑女』這個外號，是誰起的？」

「學長。」
「是出自滾石的歌嗎？」
「嗯，沒錯，我啊，很喜歡那首歌。」
「的確是首好歌，那妳喜歡滾石囉？」
「喔不，其實我對滾石並不熟，喜歡的是鮑布・迪倫啦、披頭四啦，可是最喜歡的呢，還是**賽門與葛芬柯**。」
「啊，沒錯，我也很喜歡他們。」
「矢崎同學，你有他們的唱片嗎？」
「有啊，我有《星期三早晨半夜三點》啦、《Parsley, Sage, Rosemary and Thyme》啦，還有《Homeward Bound》。」
「《書夾》（Bookends）那張呢？」
「有啊。」
「哇，能不能借我？」
「沒問題。」
「哇，好高興哦，那張專輯裡，我最喜歡的歌就是〈在動物園〉，歌詞啊，實在是太棒了。」

「沒錯，棒極了。」

我的心裡盤算著該如何才能弄到《書夾》。募集資金，叫阿達馬和岩瀨他們也出錢，反正今天非得買到《書夾》不可。因爲是女主角想要的東西，沒辦法。

「矢崎同學，你總是在思考嗎？」

「什麼？」

「之前，你跟吉岡老師說的那些。」

「啊，越南那些嗎？」

「嗯。」

「那也不算思考啦，自然會看到不是？比方報紙新聞之類的。」

「也經常看書嗎？」

「嗯，是啊。」

「如果有什麼有意思的書，也要借我喔。」

我心裡想著，如果到學校的這條坡道，能夠無限延續下去該多好。眞想一直和松井和子聊下去。我這才明白，若是一位美麗的女孩子，光是並肩走在一起竟然就可以讓人如此興奮激動。

「電視上不是也經常可以看到，學生的示威遊行或是校園封鎖什麼的嗎？我原本還以爲，那完全是另一個世界的事情，現在卻漸漸覺得可以理解了。」

「哦？」

「矢崎同學，你不是說過莎士比亞很可笑嗎？我也那麼認爲。」

「啊？」

「還是賽門與葛芬柯比較貼近我們，對吧？莎士比亞就沒有這些。」

已經到了學校。講好要借《書夾》給她，我們說了聲掰掰道別。分開後，我依然覺得自己置身於花園之中。

因爲我突然說出「我們來搞**校園封鎖**吧！」這種話，嚇了阿達馬一跳。我總覺得，松井和子之前那番話的意思是「我啊，喜歡那種會去搞校園封鎖或是示威遊行的男生」。

「反正還有增垣那件事，我們就去成島和大瀧的地下總部走一趟吧。」阿達馬說道。

丹尼爾·孔班迪

Daniel Cohn-Bendit

「佐世保北高全學共鬥會議」，這是由大瀧和成島所主導的高中生組織的名稱。也就是北高全共鬥。祕密基地設在佐世保車站上面。說是上面，但其實不在車站的二樓。佐世保的市街和長崎一樣，有許多坡道。背後就有近迫的山，平地沿著彎彎曲曲的海岸線延伸，但是非常狹窄，是一個典型的良港城市。在那僅有的平地上，有百貨公司、電影院、商店街，以及美軍基地。任何基地城鎮都一樣，美軍佔用了一等地。

北高全共鬥的祕密基地，位於由車站向北的上坡道盡頭，一家香菸舖的二樓。

「怎麼全是爬坡啊。」

滿臉汗水的阿達馬說道。佐世保的市民有百分之九十八居住在台地上。位在半山腰。孩子們衝下山坡到鬧街去玩，累了餓了，才又爬坡回家。

香菸舖裡，幾乎每家香菸舖都一樣，有個看不出是死是活的老婆婆。

即使我和阿達馬用洪亮的聲音問安，老婆婆依然動也沒動一下。我覺得她已經死了，阿達馬則認爲那是個製作精巧的擺飾。因爲眼鏡後面那雙眼睛是睜開的。她並不是在睡覺。弓著背跪坐，雙手疊放在膝頭。因爲眼鏡後面那雙眼睛是睜開的。我們很擔心，於是決定等到老婆婆眨眼爲止。老婆婆的眼皮鬆弛，若是不仔細留意，大概沒辦法看出有沒有眨眼吧。屋簷下的花已經枯萎，看起來像是波斯菊。風拂動老婆婆稀疏的頭髮。啊，果然是擺飾還是木乃伊，正當我們要做出這樣的結論時，感覺好像啪一下似的，老婆婆眨了眨眼。我和阿達馬相視而笑。

玄關掛著一塊「北高經濟研究會」的門牌。說是門牌，其實只是張被雨水淋得髒兮兮的圖畫紙。從玄關旁的樓梯上去。黑暗。「日本家屋的採光爲什麼就是這麼糟呢？」我問，阿達馬回答：「因爲日本人好色啊。」或許正如阿達馬說的也不一定。

祕密基地的房間裡一個人也沒有。房間有六坪大，一扇紙拉門，門上貼著切・格瓦拉、毛澤東和**托洛斯基**的海報。桌上放著油印工具、岩波文庫、廉價民謠吉他、手提式擴音機，以及社青同解放派的機關報，這是因爲他們被長崎大學的自治會控制，大概有時也會來這裡從事組織活動吧。

「怎麼覺得這裡不太正經啊。」

看到鋪在地上沒折的被褥、枕頭和衛生紙，阿達馬這麼說。也因爲日本家屋的採光不良，反體制派的祕密基地並不起眼。有被褥，表示大瀧和成島等人有時會在此過夜。大瀧一派裡也有高中女生。並不是北高的女生。好像是商職的女生。被褥、枕頭、衛生紙再加上商職女生，再也沒有比這更不正經的組合了。

岩瀨遲了大約十分鐘才進屋裡來。同樣是汗流浹背的他，買了三瓶咖啡牛奶來。邊喝牛奶，我心裡邊想如果有麵包配著吃該多好。岩瀨拿起靠在拉門上的廉價吉他，彈了起來。曲子是〈有時像個沒娘的孩子〉。自從貓王和小林旭流行以來，對地方上的少年而言，吉他就一直是個寶物。那些買不起吉他的階級的男孩，買的是烏克麗麗（ukulele）。由於烏克麗麗是只有夏威夷音樂使用的樂器，所以夏威夷音樂也莫名其妙地流行過一段時間。電吉他則是在我國中的時候流行過。電吉他就是Teisco，擴大機就是Guyatone，鼓則是Pearl，至於Gibson啦Fender啦Musicman啦Roland啦Paiste啦，都只能在雜誌上看到。《投機者》（Ventures）的熱潮消退，進入以披頭四的歌曲爲代表的時代之後，類似約翰·藍儂那把Rickenbacker的半實心電吉他就成了大家夢想能夠擁有的目標。隨著越平連與反戰民謠的興起，山葉（YAMAHA）推出了新款民謠吉他，消費者趨之若鶩。然而北高全共鬥祕密基地這把吉他的廠牌並非山葉，而是名字聽起來像是味噌業者的山佐（YAMASA）。岩瀨彈著山佐吉他唱了〈有時像個沒娘的孩子〉，接著換成〈竹田搖籃曲〉。兩首都是由非常簡單的和絃組成的歌。「劍哥和阿達馬，畢業之後應該都會去念大學吧？」或許是連唱了兩首悲傷的歌而變得感傷，岩瀨聊起現實的話題。這個時候阿達馬仍然打算報考國立大學的醫科。因爲還不知道醫科這個夢想是否終究只是一場夢才會有這種打算。至於我當時有什麼打算，雖然現在已經記不清了，但應該是沒有什麼打算。我從那個時候開始就是個不會考慮未來的人。只不過，對於一落千丈的成績也並非毫不在意。會不安，也會焦慮。也害怕自己會成爲落伍者。可是一九六九年當時的落伍者似乎非常快樂。高中生出書發表拒絕大學的宣言；雜誌上，日式嬉皮用螢光塗料在裸女身上繪出極鮮豔的畫作；示威隊伍中必定可以看到美麗的大姊姊。簡單說就是女人。之所以害怕成爲落伍者，是因爲會泡不到馬子。並不是討老婆之類的制度內問題。是不特定多數的馬子。如果沒有能夠獲得馬子青睞這種保證，男孩子就活不下去了。

「岩瀨，你以後打算做啥？」

阿達馬這麼問。岩瀨那一班，全都是些沒有升學意願的學生。

「不知。」

岩瀨這麼回答。

「我想，應該不會考大學了。」

他又加以補充。

「劍哥呢？打算做啥？」

接著他這麼問我。

「我也不知，搞不好會去美術大學，喔不，搞不好會去念文學院，可是，不知道，還沒有決定。」

我回答。

「劍哥沒問題啦。」

岩瀨邊以吉他彈著A小調邊說。

「劍哥有才華，阿達馬也有阿達馬的優點，我卻一無是處。」

我覺得岩瀨之所以會說出如此沮喪的話，是因爲吉他的**A小調**的緣故，於是接過吉他，彈起G和絃。

「岩瀨，你別這麼說嘛。」

阿達馬體貼地說，邊小口小口喝著咖啡牛奶。

「言之過早了吧？有沒有才華，現在還不知道嘛，我說啊，約翰・藍儂之前不也曾在Music Life雜誌上表示，自己小時候一無是處。」

以這番說詞安慰岩瀨。岩瀨像是很難爲情地低頭微笑，然後搖搖頭。

「我很清楚啦，我自己很清楚，不過沒關係，劍哥，還有阿達馬，我們永遠都會是好朋友吧？即使畢了業之後。」

我了解岩瀨爲什麼會說出那麼看不起自己而且感傷的話。因爲我和阿達馬越走越近，他覺得自己被疏遠了。認識我之前，岩瀨是個書念不來、善良、喜歡清純醜女的足球隊成員。和我結交之後，岩瀨開始讀立原道造，聽約翰・柯川，不再愛慕清純醜女，也退出了足球隊。但是如今回想起來，改變他的並不是我。我純粹只是個介紹人。改變岩瀨的是詩人，是爵士樂，是普普藝術。由於岩瀨沒有免疫力，更是一頭栽了進去。不論爵士樂、普普藝術、地下戲劇、詩，或是電影，他都變得遠比我還要了解。他一直都是我的頭號搭檔。雖然勸我拉阿達馬入夥的是岩瀨，可是阿達馬加入之後，他一定覺得自己的角色變得很微妙。岩瀨一定覺得，自己所能夠做的就是買個咖啡牛奶這種事情而已。

剛才說到「永遠都會是好朋友吧？」的時候，岩瀨顯得很落寞。很久沒有看到如此落寞的神情了。一年級的時候，我曾經看過一次。有個長臉，教古文的清水老師。爲人陰險，是個發考卷時會用木棒敲學生腦袋的傢伙，以七十分打一下、六十分兩下、五十分三下、四十分四下的方式體罰。岩瀨和另外兩、三個劣等生總是會挨上四、五下。第二學期快要結束的時候，清水這麼說：「一年也將近尾聲了，打那麼多下太浪費時間，會耽誤上課進度，所以我決定以後超過四下的就不打了。」大家都很高興，可是吊車尾的劣等生卻表情僵硬。「嘿，岩瀨，以後都不會再挨揍了，恭喜啊。」清水說著把考卷發給岩瀨，引起一陣哄堂大笑。因爲岩瀨很明顯連四十分都沒有。岩瀨難爲情地低頭笑了笑，然後便出現那種落寞的神情。看著岩瀨那個樣子，我覺得他寧可挨打也不願意被忽視。

「耶，大瀧哥不在喔？」

女學生的聲音打破了岩瀨營造的沉重氣氛。身穿商職制服，與松井和子相較簡直就像猩猩，但是覺得有總比沒有好的兩個女孩出現了。兩人見到阿達馬就樂得嘻嘻笑。這種時候阿達馬很管用。英俊，女孩子見了無不開心。戒心自然也隨之降低。

「呀，兩位好，在下是北高的矢崎，這位是阿達馬，那位是岩瀨。妳們是商職的？進來嘛，咦？那個袋子裡裝的是什麼？呦，橫綱煎餅？也請我們嚐嚐吧，啊，我們當然也是同志囉。」

我連這種話都可以說得出口。和貞子與文代這兩個名字像是出自《女工哀史》（譯注：記錄文學，細井和喜藏著，一九二五年出版）的女生，我談起了艾德里奇·柯里佛（Eldridge Cleaver）、丹尼爾·孔班迪（Daniel Cohn-Bendit）、法蘭茲·法農（Frantz Fanon），指出馬基維利的《君王論》與戰後日本天皇制的相似之處，討論玻利維亞的切·格瓦拉是否表現出無政府主義的本質……以上純屬虛構，我其實是吃著橫綱煎餅，邊用吉他彈奏賽門與葛芬柯的〈到了四月，她將會〉（April Comes She Will），邊談論守身如玉對高中女生來說實在有礙健康，還說大瀧和成島是北高的劣等生，已經被老師放棄了。只不過，這兩個女工哀史似乎正是大瀧和成島的愛人。因爲有被褥、枕頭以及衛生紙。傳說大瀧和成島曾經暗示只要加入北高全共鬥就連性事都有機會接觸，藉此吸收成員。原來這是事實。眞是齷齪的傢伙，爲什麼不多用一點心思在鬥爭上面呢？這不但令我氣憤，而且，也讓我羨慕得眼淚都快掉出來了。

正當我以「對正在交尾的狗潑水就能讓牠們分開並非普遍的事實，也有例外」的話題引得女工哀史那兩人咯咯笑的時候，成島及大瀧一派共九人現身了。有一個是頭戴安全帽的大學生。其他人分別是：像是人妖的辯論社成員布施與宮地、偷竊腳踏車差點被退學的溝口，以及八釐米攝影機的擁有者增垣等三名二年級生。

見到我，成島與大瀧面露不太歡迎的笑容。他們在二年級時和我同班。兩人都是劣等生。當我根本沒弄懂就開始賣弄《帝國主義論》的時候，他們兩個連列寧的列都還不知道怎麼寫哩。兩人當時仍只是明白自己腦袋不好而半放棄自己的普通劣等生。是全共鬥改變了他們。因爲那爲兩人指出了一條「即使劣等生也能成爲明星」的道路。兩人曾暗中散發長崎大學社青同解放派的二手傳單，我很瞧不起他們。兩人在我面前應該也會覺得自卑。可是，一方面由於被褥、枕頭，以及衛生紙的緣故，再加上得到同爲劣等生的部下支持，可以感覺到那態度比以前有自信了。

「噢，矢崎呀，稀客稀客。」成島說道。

「你要加入北高全共鬥啊？」

說這句話的是大瀧。以前，他邀約共組全共鬥的時候被我拒絕過。因爲我認爲時機尙未成熟……這種說法是騙人的，事實上是因爲不願因爲參加這種玩意兒而遭學校處分，而且覺得電影距離被褥、枕頭，以及衛生紙比較近。不過現在已經不能說這種話了。爲了松井和子。因爲小鹿班比喜歡會抗爭的男人。

「嗯，我加入。」

聽到我說出這種話，大瀧與成島嚇了一跳，但終於高興地過來握手。接著向安全帽介紹：「這一位矢崎從高二就開始研讀馬克思和列寧，是個優秀的理論家。」安全帽看看我，說道：「空有理論可不行。」看來是個腦袋不太好的傢伙。可是對方人馬多達九個。必須一舉將**主導權**搶過來才行。

「好吧，大瀧，把今後的抗爭方針說來聽聽吧。」

我這麼說。大瀧和成島面面相覷，一副爲難的表情。因爲不可能會有什麼抗爭方針。他們就是這種沒腦子又沒膽的傢伙。不知道這算不算是方針，我們首先會和長崎大學的人開讀書會，和越平連的橫田哥他們發傳單，還有就是尋找支持者……

「聽好，我們來搞校園封鎖吧。」

九州的高中還沒有人搞過校園封鎖。即使長崎大學也沒有搞過。九州西端的鄉下地方，不論全共鬥也好校園封鎖也好，都與高達和齊柏林飛船一樣，只能夠遙遙憧憬而已。所以，大家都吃了一驚。

「好吧？我已經決定了，七月十九號的結業典禮，我們來封鎖學校的屋頂。」

「亂來，搞過頭了。」聽到我那番話，安全帽出聲了。

「啊，你閉嘴，這是北高的問題，跟校園封鎖都搞不來的長崎大學沒有關係。」

增垣那些二年級生都以崇拜的眼神看著我。

「問題在於，我們的組織還不到十個人，如果搞封鎖的話立刻就會被退學，這麼一來還沒開始抗爭就會被打垮了。」

我信心十足地這麼說，然後又繼續下去。

「一定得想辦法增加支持者才行，在支持者增加之前還是祕密進行，我們仍然是地下組織，而且，要把七月十九號的封鎖行動當作拉攏支持者的活動，所以呢，雖然說是封鎖行動，人員卻不要留下來，要採取游擊戰。」

不知不覺間，我開始以標準語講話。

「以戰術來說，要在校舍內塗鴉留下標語，然後從屋頂懸掛垂幕下來，用障礙物封鎖通往屋頂的樓梯，以免我們懸掛的垂幕輕易就遭到拆除，這項工作要在深夜，以游擊戰的方式進行；還有就是，不要使用北高全共鬥這個名稱，如果自稱北高全共鬥的話，大瀧和成島大概立刻就會被揪出來慘遭退學吧。組織尚未茁壯之前，一定要避免發生這種事情才行，格瓦拉應該也在**游擊教程**中教過吧。」

誰也沒有吭聲。只有阿達馬頷首竊笑。因爲只有阿達馬知道這是爲了松井和子。

「這種程度的工作並不需要資金，人手也只要目前這些就已經足夠；之所以鎖定結業式那天，是因爲接著就開始放暑假，一來校方難以進行搜查，又能夠對學生造成比較大的影響。明天就要放暑假了，高高興興來到學校一看，會被垂幕嚇一跳，再加上暑假期間與老師的接觸比較少，不會被扣上反革命言行的帽子，暑假裡搞不好會讀一本馬克思也不一定，也可能會思考一下越戰的問題，另外一件重要的事情就是要在標語中表明粉碎長崎國體。國體是日本政府的反革命行事，而且也有很多女生對練習大會操耽誤課業而不滿，我們不妨加以利用。抗爭，還是有具體的訴求比較容易擴大，因爲人民會將他們的不滿寄託在具體的抗爭主題上。當然，不宣傳是北高學生所爲，可是也不要說是外面的人幹的好事，只要能夠讓人嗅到可能是北高學生搞的，這種程度就行了。」

「請等一下。」大瀧舉手發問。

「如果不用北高全共鬥，那要用什麼名稱呢？」

「不必擔心，」我說道。「我已經仔細想過了，就叫『**跋折羅團**』，這是梵語，意思是情慾的、憤怒的神祇，怎麼樣，很帥吧？」

「好帥！太棒了！」增垣叫著，並且鼓掌。於是，我就成了北高反體制組織「跋折羅團」的領導人。

克勞蒂亞・卡狄娜

Claudia Cardinale

成績奇爛的期中考結束後不久的某一天，我、阿達馬，以及岩瀨爬著上坡路前往祕密基地。

「劍哥，去年不是去博多玩了一趟，還記得吧？」

岩瀨問道。

「唔，在電影院過夜的那次啊？」

岩瀨所說的，是我倆搭火車前去博多的電影之旅。聽說午夜場有波蘭電影專題，於是我們在夏日的星期六，到博多去了。

「還記得去過一家爵士喫茶店吧？」

「嗯。」

「那家爵士喫茶叫什麼來著？」

「叫Riverside吧？不就正好在中洲的河邊嘛。」

「我啊，暑假呢，打算去那邊打工。」

「什麼？去Riverside喔？」

都會聽卡拉・布雷的時代。三個阿姊之中有一個對岩瀨頗有好感。正如典型的短大畢業百貨公司小姐，她是一個樸素、長髮、黑皮膚、眯眯眼的女孩子。我知道那個阿姊一直與岩瀨通信。所謂暑期工讀，我猜是要去和那個阿姊見面吧。他曾經給我看過一次那個阿姊的來信。「小秀，近來好嗎？」岩瀨的名字叫做秀男。「我正邊聽布克・李托與艾瑞克・杜菲的合奏邊寫這封信。也許小秀說得沒錯，我眞的是一個軟弱的女人，要是能夠不去顧慮周遭的事情就好了。明明只要自己喜歡就好，卻因爲顧慮周遭的事情而越來越沒有自信……」我問這是怎麼回事，岩瀨裝傻說不知道，可是看來阿姊似乎正在談一場**出軌的戀愛**。好比已婚的上司啦、黑道啦、養父啦，或是愛犬之類的吧。而且，只有在與這位阿姊有關的方面，岩瀨才顯得比我成熟。不論我就這位阿姊說了些什麼，岩瀨都只是微微一笑，很臭屁地低聲說道：「人家是大人哪。」好嘛，原來是要去會見那個阿姊啊，眞令我羨慕。搞不好會被岩瀨搶先達陣也不一定。我回想穿著薄洋裝的那個阿姊。正如岩瀨所言，散發出一股大人的味道。而且並非那種洋人酒吧裡瀰漫的娼婦廉價香水味，是那種普通的百貨公司小姐的普通的味道。可是爲什麼岩瀨會在這下雨天裡，前往祕密基地的途中，提起Riverside的事情呢？「是要去見那個阿姊喔？」我這麼問，「你知道啊？」岩瀨頻頻點頭似乎很得意，並且發出嘻嘻嘻嘻令人討厭的笑聲。令人懷疑這是他因為我和阿達馬掌握北高全共鬥主導權之後，對於自己的價值漸漸變得曖昧所產生的一種反彈。我的眼裡浮現散發出美好氣味的阿姊的裸體，突然怒上心頭，心裡對岩瀨大喊：「去讓人家甩掉吧！」阿達馬則完全不知情，正用傘尖撥弄已經開始變色的繡球花。

阿達馬可眞是淡泊啊。

「讓想像力掌權。」

寫在屋頂垂幕的標語就決定用這個。雖然成島和大瀧想要寫上以**「造反有理」**爲代表，好像快餐店菜單一樣的句子，可是我和阿達馬從巴黎五月革命標語集中選出的「不許禁止」（Il est interdit d'interdire）、「鋪路石下是沙灘」（Sous les pavé la plage）等等，獲得增垣他們那些高二學生壓倒性的支持。

動腦想標語眞愉快。大家先寫在小紙片上，然後讀出來。窗外下著如銀針的細雨，若是有竹子的話，看起來大概會像是在創作七夕的詩籤吧。

「劍哥，搞封鎖當然也很好，可是嘉年華怎麼辦呢？還有電影呢？」

離開祕密基地，來到古典音樂喫茶店「道」，岩瀨邊喝著咖啡邊這麼說。任何地方都市都一樣，平凡的學生都喜歡咖啡。

「暑假再來弄吧。」

我這麼說。

「在那之前一定得把劇本寫好才行。」

阿達馬喝的是蘇打水。任何地方都市都一樣，當時越是偏遠地區的人越是憧憬蘇打水。

「劍，你打算拍什麼樣的電影？」

阿達馬問道，一邊啾啾吸著蘇打水。

「還沒決定。」

喝著番茄汁的我回答。任何地方都市都一樣，當時，有品味的少年都喝番茄汁……這是瞎掰的，是因爲番茄汁在當時仍然少見，因爲有番茄臭味、不甜、紅紅的令人看了不舒服等等理由，很少人喝，可是想要盡量引人注意的我，就是會勉強自己去點番茄汁來喝。

「之前不是說過一些嗎？超現實的啊。」

「喔，說過說過。」

「音樂呢？要用什麼？」

「梅湘（Olivier Messiaen）嗎？」

「對對！」

那個時候，我逐漸學會了一套唬人的方法。想要強迫推銷自己的點子時，我發現只要從對方陌生的世界下手就好。對文學強的傢伙就談《非法利益》（Velvet Underground）；對搖滾強的傢伙就談梅湘；跟古典音樂強的傢伙就講羅依・李奇登斯坦（Roy Lichtenstein）；對普普藝術強的傢伙就談尚・惹內（Jean Genet），依此類推，在地方都市的討論中就可以立於不敗之地。

「要搞前衛電影嗎？」

說著，阿達馬拿出記事本，還有原子筆。

「能不能把故事說來聽聽？只要大綱就好。」

「要幹嘛？」

「喔，雖然說暑假才要開拍，可是不準備怎麼來得及？比方說道具啦，人員啦。」

阿達馬眞是個天生的製片經理。令人感動。感動之餘，我開始講出目前所想到的劇情。就好像「安達魯之犬」（Un chien Andalou）加上「天蠍星」（Scorpio Rising）那個樣子……然後呢，要有黑貓的屍體，吊在高樹上，再澆上汽油連樹一起燒掉，還要在下面製造煙霧，用逆光喔，接著有三輛摩托車從中轟然衝出來……搞什麼啊，這個樣子松井和子豈不是沒有機會出場了嘛，我突然發覺。小鹿班比並不適合超現實。

「不行。」

我說。剛記下貓屍（黑貓）、汽油、三輛機車的阿達馬咦了一聲，抬起頭來。

「不行，這種電影太無聊了，等一等，好，全部重新來過。」

岩瀨和阿達馬四目相覷。

「聽好啊，首先，第一幕是清晨的高原，晨霧還沒有散去，就好像阿蘇的草千里那樣。」

「高原的？早晨？」阿達馬忍不住笑了出來。「怎麼突然從黑貓的屍體變成高原的早晨啦？」

「意象！意象！最重要的是單純的意象。」

我說。

「意象啊，懂嗎？好，高原喔，然後鏡頭拉遠，一個拿著長笛的男孩就……」

「增垣的攝影機沒有變焦鏡頭啊。」

「阿達馬你先別插嘴，細部的變更以後再說，然後呢，手持長笛的男孩子吹奏了一曲，一首非常動人的曲子。」

「我知道，是老虎樂團的〈花項鍊〉。」

「不錯不錯，好點子，如果有這種好點子就盡量提出來，接著，女孩出現了。」

「珍淑女。」

「對對對，女孩穿著**白紗衣**，純白的喔，類似晨褸而不是婚紗，有點透明的感覺，然後呢，還要騎著**白馬**出現。」

長笛、白紗衣（類似晨褸而非婚紗）記到這裡，「馬？」阿達馬說著抬起頭來。

「馬？白馬？」

「沒錯。」

「不行不行，什麼白馬，要怎麼去弄啊？」

「別太在意現實嘛，意象意象！」

「雖說是意象，可是東西沒準備好怎麼拍？哪裡去找什麼白馬啊？一般的馬都難得一見了，劍，狗怎麼樣？如果是狗的話，我們家隔壁就有一隻很大的白色秋田犬哩。」

「狗？」

「是啊，名字叫小白，相當大的狗，女孩子的話說不定勉強可以騎。」

「如果松井和子騎著秋田犬出現，大家不笑出來才怪，你要我拍喜劇啊？」

好了好了，岩瀨試圖打圓場。我和阿達馬立刻停止爭執。並非因爲岩瀨的調停，而是來了一個身穿純和的制服、吊眼角、神似克勞蒂亞・卡狄娜（Claudia Cardinale，簡稱C・C）的女學生，就在我們的隔壁桌坐了下來。克勞蒂亞・卡狄娜點了檸檬茶。「道」的老闆過來服務，我趁機點播白遼士的《幻想交響曲》，並指明要祖賓・梅塔。「又來了，馬上就想引人注意。」岩瀨說道。明明只知道白遼士、《幻想交響曲》、祖賓・梅塔這個組合而已……你說什麼！我還知道義大利音樂家合奏團（I Musici）的《四季》……好啦好啦，這次換阿達馬出面調停。克勞蒂亞・卡狄娜在檸檬茶送來之前起身，拎了個紙袋走進洗手間。從洗手間出來的C・C簡直判若兩人。頭髮柔柔地往內捲，畫了眼線，嘴唇搽成粉紅色，藍白配色的純和制服變成奶油色洋裝，黑色學生鞋變成高跟鞋，還散發出一股指甲油的香味。發亮的指甲令我們嘆息。瞥見我們直盯著瞧，她簡短地問了一句有事嗎，聽我們無力地回答沒有，隨即哼了一聲，手指夾起一根hi-lite DELUXE，在響起《幻想交響曲》第一樂章的店裡噘起嘴用力把煙噴出。我不顧岩瀨和阿達馬「別去別去別去」的制止，過去跟C．C搭訕：「嗨，有沒有興趣演電影呀？」

「什麼電影啊？」

「哦，我們，最近，想拍一部八釐米的電影，妳，有沒有興趣演出呢？」

聽我這麼說，C．C高聲大笑，露出顏色美麗的牙齦。

「你們，是北高的吧？」

C．C這麼問，並沒理會電影的事。

「有個相光中學畢業的某某，你們認識嗎？高個子，帥帥的。」

C．C所說的是城串那一派的有名不良少年。聽我說知道，「幫我問候一聲。」她笑著說。「妳是？」我問。C．C報上了名字：長山美繪。當我探身過去正打算多談些電影的事情時，岩瀨突然起身催促阿達馬，並拉著我的袖子往門口走去。在收銀櫃台與三個身穿高工制服的男生擦身而過。三人都**推平頭**，寬領上衣配喇叭褲。我們立刻把頭轉向一旁，目光差一點相遇。高工老大等人走到長山美繪那桌坐下。長山美繪對我們揮揮手。高工老大回過頭來瞪了一眼。我們急忙付帳離開，出店門之後跑了大約一百公尺。那就是純和的長山美繪啊，岩瀨上氣不接下氣地低語。看來是個名女人。不過似乎並不是高工老大的馬子。聽說她也不屬於任何人，只是個玩得很凶，處在停學邊緣的女孩子。「好！嘉年華會的開幕典禮就找那個女孩來擔綱。」我說。「高工老大很迷戀長山美繪，而且還是劍道社的，劍哥會被他用木刀砍個半死喔，還是別吧。」岩瀨說，一副不耐煩的樣子。

「要是被人用木刀砍個半死，可不關我的事喔。」阿達馬笑著說，有點幸災樂禍的味道。

令人發悶的梅雨結束了。打掃游泳池的時候，我偷偷將已經停經的體育女老師**一把推進**污水裡，但因爲其他學生密告而事機敗露，吃了耳朵撕裂的相原十三個耳光。阿達馬的模擬考成績退步到第八十名。原本是全校頂尖的化學竟然一下子滑落到差點吊車尾。「你要毀了山田的前途嗎？」升學指導主任如此責罵我。眞搞不懂，阿達馬的成績退步，怎麼挨罵的人竟然是我。岩瀨經歷了上高中之後的第三度失戀。對象是排球隊的攻擊手。自上次之後，我只和松井和子站在走廊上講過一次話。「賽門與葛芬柯的《書夾》呢？」她問，「下次！下次我一定會帶來！」我急忙回答。「沒關係，看你什麼時候方便。」班比說，如天使般溫柔。爲了天使般的班比，封鎖行動非成功不可。準備工作持續進行。執行日期依照預定計畫是在七月十九日結業典禮前夜，垂幕和油漆已經備妥，祕密基地裡充滿幹勁。封鎖行動所需的資金總共九千二百五十五圓，我們各出一千圓就湊足了。

「大家聽好。」

我用標準語說道。

「集合時間是午夜零時，地點在游泳池畔的櫻花樹下，可別搞錯了搭計程車來啊。大瀧呢？好，從自己家裡走路過來，成島也走路喔。布施和宮地呢？住成島家，好。增垣家是旅館，所以溝口和二年級的兩個人，中村還有堀都去住增垣那裡。大家分開來出門，可別集體行動啊，總之就是不要引人注意，明白了吧？重複說明一次，油漆、鐵絲、長椅和垂幕等等，在行動的前一天分批搬到增垣家和成島家去。當天的服裝，全體一律是黑色，可別穿皮鞋啊。油漆空罐和繩頭等等全部都要帶走。報社方面則由我和山田負責電話聯絡。」

我用**紅色油漆**在白布上寫下「讓想像力掌權」。眞爽。

行動的三天之前，岩瀨在午休時間來到我和阿達馬的教室，表示他要退出。

「封鎖不適合我。」在九州夏日太陽所形成的深色陰影下，岩瀨眼眶含淚這麼說。「對不起，劍哥、阿達馬，我會幫忙準備，嘉年華我也會全力以赴，可是我不太喜歡搞封鎖……」可是岩瀨一臉憂鬱，似乎在說：「劍哥其實並沒有認眞思考政治的問題，之所以搞封鎖只是想引人注意，對吧？」岩瀨離開之後，我將此事告訴阿達馬。「無所謂啦，管他政治不政治，好玩嘛，不是嗎？劍，只要好玩就行了嘛。」雖然阿達馬這麼說，我卻覺得有些惆悵。

於是，**七月十九日**終於到來。

讓想像力掌權

L'imagination au pouvoir

非得在十一點出門不可。可是要走出家門卻是件難事。老媽、妹妹和祖父母已經上床，可是老爸還沒睡。他正在看《深夜十一點》。自《深夜十一點》這個節目開播以來，父親的就寢時間就往後延了。

正如這個城鎮絕大多數的家庭，我們家也位於山坡上。住在狹窄平原區的只有美軍以及一小撮以美軍爲對象的生意人而已。

老爸還沒睡，沒辦法從大門出去。因爲房子蓋在山坡上，石階很多。家門前是平坦的道路，後面則是狹窄的石階。我的房間在二樓。首先必須跟老爹道晚安。我敲敲畫家老爸的工作室兼書房的門，說道：

父親大人，晚安。

我猜各位也知道這又是瞎掰的，說的其實是「我要睡啦」。老爸明明看《深夜十一點》的比基尼女郎看得正樂，卻立刻擺出威嚴，說：「什麼？現在就要睡啦？」

並斜眼看著我。「我在念舊制中學的時候可都讀到清晨四點……」雖然嘴裡這麼說，大概又因爲注意到《深夜十一點》的畫面而有些不好意思，乾咳了一聲，說道：「別讓你母親傷心啊。」我嚇了一跳，懷疑老爸是否已經知道今晚的事情。不過，他不可能知道，就別說什麼「別讓你母親傷心啊」這種引人聯想的話嘛，眞是的……回到二樓，更衣，然後悄悄爬上曬衣陽台。滿月。我小心謹愼避免發出聲音，穿好籃球鞋。這個年頭還沒有運動鞋（sneaker）這種說法。全部都是籃球鞋（basket shoes）。從曬衣陽台下去到屋頂。眼前是個墓地。月光下，墓碑排列在與屋頂同樣的高度。因爲我家後面就是墓地。由於墓地在山坡上，位置要比路面高出一段，所以我從一樓的屋頂跳到墓地上。喔不，正確的說法是跳到墓碑上。雖然我並沒有宗教信仰，可是跳到墓碑上還是會覺得內疚。我總是這樣偷溜，去爵士喫茶店、色情電影院，或是阿達馬的宿舍，所以擔心會遭到報應。祖父有個禿頭的朋友，過去曾官拜海軍中校。因爲祖父以前是少校，雖然戰爭結束已經過了十多年，那個禿子爺仍然相當會擺官架子。禿子爺以前會大白天就來喝酒。祖父也從大白天就喝酒。禿子爺經常會買圖畫書給幼時的我，所以我很喜歡他。禿子爺有個壞毛病，每次酒醉，他一定會對著墓碑小便。祖母很討厭他這種行爲，曾經說過：「小心哪天會遭到報應而死，等著看好了。」結果有一天他眞的因爲心臟病發死去。連小孩子心裡都認爲他遭到報應了。所以當我

「那個，」布施似乎難以啓齒，色瞇瞇地笑了笑。「那個，這種機會很難得吧？」

機會？

「我剛才發現的，好像沒有上鎖喔。」

什麼鎖？

「女生的，游泳池的，更衣室嘛，看一看吧，五分鐘就好，怎麼樣？」

說完，布施色瞇瞇地笑了。混蛋東西，你在說什麼啊？咱們可是爲了校園封鎖這個神聖的使命才結合起來噠，「居然要看女子更衣室？會想到這麼寡廉鮮恥的事情，根本就形同失敗了嘛。」這種話，誰也沒說出口。布施的提議，竟然全體贊成。

女子更衣室裡，到處可以聞到甜甜的香氣。並不是整間屋裡瀰漫著香氣；是伸手在黑暗中摸索前進之中，不時會遇到一股發育中少女的氣息。大夥心裡想的是：沒有人會穿著內衣游泳，所以女孩子都會在這裡變成全裸。雖然我擔心會留下指紋而要求住手，可是大家已經開始翻箱倒櫃。當增垣在最下面櫃子的角落找到一條襯裙之後，全員更是陷入瘋狂，專注地尋找遺留物品，完全忘了避免留下指紋這回事。

「指紋怎麼辦？已經弄得到處都是了。」

我爲大家沒有遵照規定戴手套而生氣，於是找阿達馬商量。

「不過，就算留下指紋，如果沒有前科的話，警察也沒有檔案可以查吧？」

阿達馬即使在尋找遺留物時依然不失冷靜，這番說詞令我安心。

「總不可能來更衣室採集指紋，再與全校學生的指紋進行比對吧，又不是發生了命案。」

「劍哥，那個……」二年級的中村來到我和阿達馬之間，聲音小得像蚊子叫一樣。

「對不起，我不行了。」

聽起來好像快哭了。

「不行？怎麼啦？」

阿達馬緊張了。

「指紋呀。我，忘了戴手套，那邊已經弄得到處都是了。」

「別擔心啦，他們不可能會來這裡採集指紋的，更何況也不知道是誰的指紋吧？」

「我，我的不一樣，一定會被查出來的，國一的時候，不是做過鹽嗎？化學課，做實驗的時候，濃的氫氧化鈉溶液弄到了手指，結果，我的指紋就給溶掉了。哥哥說這種指紋即使全日本都很少見，竟然叫我去上NHK的《這就是我》，一個沒有指紋的人，讓我在班上也相當出名的，所以啦，我明明一直提醒自己今天絕不能忘記手套的，結果摸了增垣撿到的襯裙之後就忘得一乾二淨，怎麼辦呢？」

中村的手指指腹有如蟹足腫般緊繃，「哇，這眞是太酷了！」我和阿達馬都笑了。「反正警察是絕對不會介入的啦。」阿達馬如此安撫中村。

啊！松井和子也會在這裡換衣服哪——我正感動的時候，色鬼布施發現一個錢包。「找到一個錢包哩。」布施用手電筒炫耀自己的收穫。「白癡啊！」我罵道，冷靜的阿達馬也嘖嘖咂嘴。錢包就棘手了，失主必定會報遺失，搞不好這裡也會被搜查。那個時候，說不定會找到什麼我們所留下來的蛛絲馬跡，好比紙頭、鞋印，或是頭髮之類的。「放回原位！」我說，可是色鬼布施傻愣愣地回答：「太暗了，所以忘記是在哪個櫃子找到的。」大瀧和成島認爲是小事情，乾脆直接偷走。「如果知道失主是誰再悄悄拿去還怎麼樣？」無指紋的中村還是很擔心。絕對不能夠在執行封鎖行動之前因爲這種事情而破壞團結。我決定先看看內容物再說。印有史奴比圖案，塑膠製的，普通女用皮夾。首先是千圓紙鈔兩張及一張五百圓，公車月票，一念出姓名，大夥忍不住笑了出來。原來是兩個禮拜之前，我在打掃游泳池時推落水中的，已經停經的女老師的東西。綽號小文，屁股嚴重下垂、顴骨突出的單身體育老師。皮夾裡還有零錢、鈕釦、皺巴巴的名片、電影票根，以及照片。黑白照片，影中人是身穿舊式海軍軍服、像個小黃瓜的男子，以及年輕時的小文。大家都嘆了一口氣。只有兩千五百圓、已經停經、屁股嚴重下垂的戰爭未亡人女老師，世界上還有比這更悲慘的人嗎？「還回去吧。」阿達馬說，我們全都點點頭。

「粉碎國體」

我用藍色油漆在正門門柱上這麼寫。用力刷，好讓油漆滲入石柱的粗糙表面。另一邊的石柱，阿達馬寫上了「造反有理」。雖然我說過別用這種老掉牙的標語，可是阿達馬認爲摻入一些到處可見的標語可以讓犯人形貌變得模糊，比較不容易掌握。他總是這麼冷靜。

進入校內之後，就完全禁止使用手電筒。進了正門之後是前庭，有細心整理的花壇，く形的校舍主體在月光下變成了長方形的黑影。一看到校舍，我不由得怒火中燒。在老師辦公室的窗玻璃上寫下「權力的走狗們，自我批判吧」，而且只有走狗兩個字用的是紅色。雖然天上一片雲也沒有，但或許是心理作用，覺得空氣溼溼的，因爲穿著運動服而猛冒汗。在圖書館的牆壁上寫的是「同志們，快拿起武器！」中村來到身旁對我耳語：屋頂組已經從體育館旁的太平門進入校舍了。好，我們也進去吧。於是塗鴉組也朝太平門走去。

汗水都快滴落水泥地了。如果那留了下來可能會變成證據，於是先靜靜等著汗乾。從太平門進去之後，是三年級自然組升學班的走廊。塗鴉組有我、阿達馬，以及中村三個人。「這麼緊張的事情，或許我這輩子都不會再遇到了。」中村的嘴唇發抖。「混蛋，別說話。」阿達馬制止他。我也口乾舌燥。明明流著汗，嘴唇卻很乾。經過老師辦公室、總務處、校長室來到穿堂。幾乎所有的學生都會從這裡進入校舍。我用紅色油漆寫了個大大的「殺」字。「還是別寫殺這麼激進的字眼比較好吧？」中村的臉色發青。「安靜！」阿達馬指指穿堂右側。那裡是警衛室。有兩名警衛。一個老人和一個年輕人。已經熄燈了。八成是看完《深夜十一點》後去睡了吧。「你們都是死人！快向大學說不吧！」我在穿堂的地上這麼寫。中村抖得更厲害了。他坐在柱子的陰影下，也沒來參與作業。「事情不妙。」阿達馬靠過來對我耳語。就連阿達馬也猛舔嘴唇。僅有淡淡的月光射入，安靜無聲的校舍，簡直就像身在另一個行星似的，令人緊張。尤其是在平常熙來攘往的地方更是如此。我們把中村拉起來，離開穿堂，一直拖到校長室前面。或許是遠離警衛室而稍微放鬆了一點，中村用力做了個深呼吸。「沒用的東西，你回游泳池好了。」我說。「不是，不是啦。」中村痛苦地淌著冷汗，猛搖頭。「不是？那是怎麼了？」對於這個質問，中村依然只是搖頭。阿達馬抓著他的肩膀猛搖。說啊，說來聽聽啊，我和劍也都害怕啊，別不好意思，說來聽聽嘛……

「我想大便！」

連我們都肚子痛了。阿達馬和我爲了忍住笑而趴在水泥地上，右手捂著嘴左手抱著肚子，痙攣般不停抽搐。緊張使得笑意更爲亢奮。不能笑的時候偏偏最想笑。一想到大便，笑意便在胸口爆發，從體內一路騷動往喉頭上升。我閉起眼睛，決定試著回憶一生中最悲慘的事情。國二那年新年爸媽沒有買巴頓戰車模型給我。老爸搞外遇，老媽離家出走三天。妹妹得了小兒氣喘。放飛的鴿子沒有回來。逛祭典時遺失零用錢。國中運動大會的足球決賽到ＰＫ才敗北……這樣還是不行。阿達馬用雙手把嘴堵住扭動著身體，嘻嘻嘻嘻地漏著氣。從不知道要忍住不笑是如此困難的一件事。我試著去想松井和子。修長光滑的小腿，班比的眼睛，水平線般白皙的手臂，描繪出美妙曲線的頸後髮際……痙攣終於平靜下來。美麗的少女，竟然也可以平息爆笑，能夠讓男人變得認眞。一會兒之後，阿達馬也滿身大汗站起來。事後問他，說是去想礦坑爆炸的燒焦屍體。竟然不得不去回想那麼淒慘的事情，阿達馬忍不住揍了中村的腦袋一拳。「白癡，想害我們瘋掉啊！」我說著輕輕打開校長室的門。

「中村。」

「是。」

「拉肚子嗎？」

「不知道。」

「就快要拉出來了嗎？」

「已經快從肛門冒出來啦。」

「去那上面拉吧。」

「啥？」中村很沒用地張大了嘴巴。因爲我指著**校長的桌子**。

「這種事情，我辦不到。」

「你說啥？害我們笑成那樣，很可能會被發現，該懲罰，如果是游擊隊的話，你當場就會被斃了。」

中村哭喪著臉，可是我和阿達馬都不放過他。中村爬上了被透進來的月光照亮的校長辦公桌。

「請不要看。」

他拉下長褲，用可憐兮兮的聲音說。

「如果覺得會發出聲音的話就立刻停止啊。」

阿達馬捏著鼻子低語。

「怎麼可能。一開始拉就停不下來了嘛。」

「少廢話，難道你想被退學嗎？」

「不可以去廁所喔？」

「不准。」

月光下，中村露出白皙的屁股。

「不行，太緊張了，拉不出來。」

「用力啊！」正當阿達馬這麼說的當兒，隨著啊一聲輕微的哀號，響起了有如故障的幫浦的聲音。「別出聲，快用紙堵住屁眼啊。」阿達馬衝過去小聲在他耳邊叫道。「說了也沒用，停不了啦。」要命的聲音，令我起了雞皮疙瘩，於是走去瞧瞧警衛室。要是因爲大便而被退學，一定會被大家嘲笑。警衛似乎並沒有起來。中村用長崎縣縣立高中校長會月報擦好屁股，不好意思地笑了。

屋頂的出入口，已經用鐵絲、桌椅等大致完成封鎖。要是用焊接機來搞就更完美啦，大瀧說。

屋頂上只剩下成島和增垣。兩人從外面用鐵絲將進出屋頂的門封起來之後，必須以繩索垂降到三樓的窗戶。我們在前庭觀望他們行動。成島以前是登山社社員，不必擔心。

「萬一增垣跌下來怎麼辦？先打算一下吧？」

大瀧說。

「打電話通知一一九然後逃走啊。」

說這話的自然是阿達馬。因爲去救他的話，大家一定會被逮的……和成島不同，增垣搖搖晃晃的。增垣該不會尿褲子了吧，布施這麼說，於是我把中村的革命撇條也抖出來，眾人捧腹大笑。增垣終於平安回到地面。垂幕從屋頂懸掛下來。

「讓想像力掌權」

我們默默注視了好一會兒。

像個女人

Just Like A Woman

清晨六點，我和阿達馬分別打了電話給《朝日新聞》佐世保支局、《每日新聞》佐世保支局、《讀賣新聞》佐世保支局、西日本新聞社、長崎新聞社、NHK佐世保局，以及NBC長崎放送等七家媒體。

進行**犯罪聲明**。

「我等乃反權力組織『跋折羅團』，本日凌晨，於體制教育據點佐世保北高進行校園封鎖行動。」

本來應該這麼說才對，但因爲不習慣，結果變成：那個佐世保北高好像有人搞校園封鎖喔。

只不過，由於這麼一報，最先發現北高校園封鎖與塗鴉的就成了媒體，而不是警衛、老師、學生，或是附近的居民。

NHK和NBC在早上七點開始的地方新聞中，報導了「縣立佐世保北高校園封鎖」的消息。

那時我正因爲持續的緊張與興奮而輾轉難眠，躺在床上，反覆檢查了好幾十次是否仍有殘留的油漆漬。看了地方新聞的老爸走了進來。老爸的表情十分可怕。

「劍寶。」

老爸喊我的乳名。雖然老爸自從小學高年級之後就叫我「劍」而非「劍寶」，可是一旦親子關係緊張，也許是本能地懷念起小時候吧，不論老爸或老媽都會喊我「劍寶」。我看，八成是新聞已經報導了。

「劍寶，好好看著爸爸的眼睛。」

老爸這麼說。老爸是個有二十年資歷的美術老師。似乎很有自信能夠靠神情識破少年的謊話。他皺眉注視著我的臉好一會兒。我一臉睡眠不足混合著興奮餘韻的模樣，回看著他。老爸似乎認爲我是無辜的。就算再老資格的教師，還是會比較寵自己的孩子。最近的激進派學生有很多是教師的兒女，已經成了一個值得討論的問題，有人以爲原因出自那嚴格管教的家庭環境，不過那嚴格與寵愛也是一體的兩面。和自衛隊軍官及警察一樣，教師也是種奇怪的職業。明明大多是些沒本事的俗物，在地方社會上卻依然留有聖職的感覺。之所以會獲得這種毫無根據的尊敬，乃是由於戰前協助法西斯主義的報酬，而如今那依然根深柢固存留著。我的老爸是個受學生歡迎的暴力教師。他不只會揍學生，就連校長或ＰＴＡ

（譯注：Parent-Teacher Association，家長教師聯誼會，源自美國，第二次大戰之後引進日本）

的會長都揍過。可是沒有揍過我。我曾經問過這是爲什麼，他說是自己的孩子可愛，捨不得打。眞是誠實的老爸。

「這樣啊，那不是劍做的囉？」

老爸問。

「什麼事情？」

我問道，並且揉揉眼睛假裝睡得迷迷糊糊的。

「北高校園被封鎖了。」

我一聽睜大了眼睛，從床上跳起來，三秒鐘穿好長褲四秒鐘穿上襯衫兩秒鐘穿好襪子。看到這個樣子，老爸似乎更相信我是清白的。我扔下老爸離開房間衝下樓梯，喊了一聲先走不吃早餐啦，出了家門全力疾馳大約一百公尺。

來到可以望見北高的斜坡，便看到了垂幕。

「讓想像力掌權」

好感動。我發現，我們竟然能夠靠自己的力量，去改變平常見慣了的風景。

懷著雀躍的心情爬上山坡，隨即看到物理老師率領了十幾個學生正在去除校門的塗鴉。一股松香水的味道。企圖讓景物復原的傢伙看起來極其醜陋。電台正在訪問那些醜陋的學生。

會是什麼人做的呢？

「不是北高的學生，北高人不會做出這種事情。」

指甲被藍色油漆弄髒的那個醜女生，哭喪著臉這麼回答。

一進教室，阿達馬就笑咪咪地對我眨眼。我們趁別人不注意的時候握握手。

都過了八點半，**班會**還沒有開始。由於教師會議仍在進行，校內廣播數度要求學生在教室等候，可是整個北高已經鬧哄哄的了。直升機在上空盤旋。體育老師領著一群醜惡的學生，正試圖拆掉封鎖屋頂的障礙物。

老師們認爲，第一要務是清除垂幕以及塗鴉。體制就是害怕景物有所改變。雖然我認爲他們也顧慮媒體，但是最重要的還是試圖盡快讓校舍的變異恢復原貌。

超乎想像的大批學生，正以抹布努力清除塗鴉。正在擦拭穿堂前紅色油漆的「殺」字的學生會書記長一看到我，立刻衝了過來，兩眼發紅。原來學生會書記長剛才是跪在地上邊哭邊清除油漆。他用拿著抹布的手使勁揪住我的領子。

「矢崎，不會是你吧，嗯？不是你做的吧，這不是你做的吧，我不相信北高人會做出污辱北高的事情，矢崎，你說啊，說啊，你回答我，說你沒做，說話啊，你老老實實回答我啊。」

抹布的溼冷令人不快。雖然很想揍他，可是我擔心造成騷動會引人注意，所以只是瞪著他怒吼：「**放開我！**」而已。爲什麼如此憤怒，我自己也不懂。戴眼鏡、小個子、暴牙，才十七歲卻已經有白髮的學生會書記長，只因爲自己學校的穿堂遭人塗鴉就要哭啊？這所高中是你的神殿嗎？可是這種人很可怕。太容易被灌輸觀念了。在朝鮮和中國幹下屠殺、拷問和強姦的就是這種人。這種人會因爲塗鴉而掉淚，可是對於國中同班的女生一畢業就去含黑人的雞雞這種事卻無動於衷。

「劍，你輸了喔。」

阿達馬說道。我和書記長這一來一往，他都看在眼裡。

「我可沒輸，只是那個笨蛋的氣勢還滿驚人的。」

「嗯，居然會那麼認眞擦拭，把手都給泡腫了，實在難以想像。」

「是啊，就是看到他那麼賣力的樣子嘛，剛才你會覺得我輸了，只不過是被那種拚命三郎的架式給比下去而已。」

「嗯，看你好像有點招架不住。」

「爲什麼？」

「這個嘛，到底是不正當啊。」

「不正當？」

「我們的動機不正當，對吧？」

「動機？你是說搞校園封鎖的動機？」

「因爲不搞校園封鎖也不會死啊。」

「阿達馬，你怎麼這樣說，要知道每天有多少越南人民喪命啊。」

一扯到這種話題，我就會突然改用標準語。像越平連那樣用方言來演說，我總覺得不太對勁。也不知是怎麼回事。

「越南喔。」

「大體上來說，在南京或是上海亂搞的，就是像書記長那樣的傢伙啦。」

「南京喔，不過說眞的，看到他們那麼賣力打掃，不覺得怪怪的嗎？」

「那還用說，他們是體制派嗟，可是我不知道體制派的人竟然有這麼多。」

「不，我不是那個意思。」

「那是什麼意思？」

「我是說，你不覺得我們的所作所爲，好像正是爲了讓他們那麼投入賣力的嗎？」

阿達馬這麼說，顯得有些落寞。阿達馬總是這樣。會說出讓人產生徒勞感的話。不過卻有種奇妙的說服力。

老師辦公室的玻璃窗前、校長室前的走廊上、圖書館的牆壁前，都聚集了大批學生，在九州七月的太陽下揮汗賣力清除塗鴉。或許阿達馬說得一點也沒錯。不只是好學生而已，甚至那些平常應該因爲這所學校而自卑得想死的劣等生，也都拿著抹布用力要將油漆清除。

中村鐵青著臉站在校長室前的走廊上。手裡拿著抹布。一見我和阿達馬，立刻強忍著笑。

「怎麼連你也拿了抹布啊。」

聽到阿達馬這麼說，中村吐吐舌頭。

「哎呀，如果站著發呆什麼都不做似乎不太好，會被懷疑的，難道你們忘了，我可是**沒有指紋的人**哪，倒是劍哥，有件事情不太對勁。」

「啥事情？」

剛問了這句，阿達馬立刻扯著我的袖子一同蹲到地上。假裝正在清除走廊的塗鴉。訓導主任與兩個警衛，還有教務主任、制服警察，以及像是便衣刑警的人，從我背後走了過來。我、阿達馬還有中村假裝在擦拭地板，要等他們離去。看到警察令我不由得心驚。警察走路的時候爲什麼會發出那種嘰啦嘰啦的聲音呢？而且穿的還是那種粗獷的長統鞋，腳步聲特大。我的心臟好像快爆炸了。因爲走在最前面的訓導主任的拖鞋在我的眼前突然停下。警察的嘰啦嘰啦聲和腳步聲也都停了。

「各位同學，」

訓導主任說道。我抬起頭來，只覺得口乾舌燥。

「各位同學，這個樣子大概沒辦法把油漆弄掉吧，學校會找專門的人來處理，同學們的心意老師明白，大家先回教室去，馬上就要開班會了，結業典禮也快要開始了，好了，可以了。」

訓導主任這麼說。雖然我因爲害怕被逮捕遭到私刑而生自己的氣，可是看到訓導主任眉頭深鎖一臉痛苦的模樣，心情又好起來。有一回我正在爵士喫茶店聽著A・C・荷賓（Antonio Carlos Jobim）喝著可樂時，有人當場把杯子拿走並連續賞了我十幾個耳光之外還罰我停學四天，那個傢伙就是這位九州帝大法律系出身的訓導主任。是一個每次朝會或是結業典禮的時候，總是自信十足地引用論語來指責不良行爲的愚蠢，並以此沾沾自喜的可惡傢伙。身材高大頭髮銀白，曾經出版多本有關古代刑法的書，總是以最可恨的方式說教。並不激越，而是以冷冷的眼神斥責，你是個人渣，我們學校沒有那種閒工夫把你教成好學生，要是有什麼不滿就趕快退學，轉到別的高中去吧，諸如此類。這樣的傢伙，竟然也會垂頭喪氣。訓導主任朝老師辦公室逐漸走遠。我聽到教務主任的聲音，說這是創校以來**最不幸的事情**。創校以來……我和阿達馬對看一眼，再度握握手。

到屋頂上去看看吧，阿達馬說。中村也跟著我們。

「中村，剛才你說有什麼不對勁來著？」

爬樓梯時阿達馬這麼問。樓梯中段平台的柱子旁也聚了一群學生，正用抹布擦除塗鴉。

「是啊，因爲心裡一直很在意，我到了學校之後，第一件事就去校長室看看，結果啊，已經沒有味道了。」

「那還用說，大便一定是最先清理掉的嘛。」

阿達馬說。

「哦，這麼說好像是有一點消毒水的味道。」

「八成是警衛吧。警衛六點就起來啦，大概是看到塗鴉嚇了一大跳，立刻就趕到老師辦公室和校長室去，然後一發現大便就馬上清理乾淨啦，再怎麼說，大便可不是鬧著玩的。」

阿達馬的分析相當冷靜。

「欸，不是鬧著玩的，是什麼意思？」

「中村，你覺得拉屎有思想嗎？」

我問。

「思想？拉屎這件事嗎？沒有吧。」

「長久以來，思想犯大多會受到憲兵甚或特高（譯注：特別高等警察）的特別待遇，可是沒有思想的犯罪，大概轉眼之間就會被送上十字架斷頭台了，更何況是大便呢？骯髒，又令人難以想像，實在太不像話了。」

「請等一下！」中村在爬樓梯途中停了下來。

「叫我在那裡拉屎的可是劍哥啊。」

一副快要哭出來的樣子。

「人家叫你拉屎你就拉喔，哪有這種高中生啊？竟然會把玩笑話當眞。」

因爲中村眞的快哭出來，阿達馬摟著他的肩膀，安慰他。

「中村，安啦，安啦，劍是亂說逗你的，別當眞啊。」

後來，大便這件事，不論在報紙、廣播、電視、警察發布的消息，或是校長的談話中都沒有出現。很可能只藏在警衛的心裡，被掩蓋起來了吧。

「劍哥，圖書館牆壁上的『快拿起武器』，是劍哥寫的吧？」

爲了報復屙屎一事，中村提起了這個。

「沒錯，是我。」

「好像有個漢字寫錯了呦。」

「啊？」

「武器的『武』字，寫成**考試的『試』**了吧？已經在校園裡變成不小的話題囉，大家都說這種笨蛋一定不是北高的，還說只要舉行漢字測驗就可以逮到犯人了。」

阿達馬聞言笑了出來。中村也得意洋洋。

封住屋頂出入口的障礙物已經差不多都清除了。汗流浹背的相原和川崎正忙著。相原用鉗子剪斷鐵絲，川崎將堆起來的桌椅移到旁邊去。相原發現我，於是中斷手上的作業。他不懷好意地笑了。

「耶，矢崎，你來幹什麼？」

對這傢伙，我尤其不想卑躬屈膝說謊。實在無法對這傢伙說出「我是來幫忙清理的」這種話。就算說了，也會因爲面露輕蔑與憎恨而立刻穿幫。

「哦，想來見識一下，校園封鎖是怎麼回事嘛。」

我這麼說。相原瞪大了眼睛，笑意全失。

「該不會是你幹的吧？」

襯衫已因爲汗水而貼在身上的川崎問道。雖然我試圖一笑敷衍過去，可是臉部肌肉僵硬，顯得很不自然。不過所有的老師此時依然都還認爲是校外的人所爲。「哼，」相原對我嗤笑一聲。「如果犯人是矢崎的話，」他說道。「我一定會勒死你。」

在社會組班級的走廊上，我遇到了松井和子。珍淑女雙手背在後面，面帶微笑，正哼著〈像個女人〉。既沒有流汗，手上也沒有抹布，看來並未加入清除塗鴉的行列，我放心了。「矢崎同學早啊。」她以悠哉的低音說道，走開時留下了檸檬洗髮精的香味。我的勇氣逐漸湧現。太好了，我心想。去搞校園封鎖，真是做對了。

來到前庭，眺望相原和川崎拆除垂幕。他們將布捲起來，準備裝進一個紙箱裡。

「讓想像力掌權」幾個字也變得皺巴巴被裝進箱子裡。直升機飛來飛去，那上面是七月的天空以及壯觀的積雨雲。雖然校園封鎖還維持不到半天，可是我覺得清朗的夏日天空與雲朵似乎都在支持我們。

進入暑假的第三天，我正邊舔冰棒邊看重播的肥皂劇的時候。

四名刑警找上門來。

亞蘭・德倫
Alain Delon

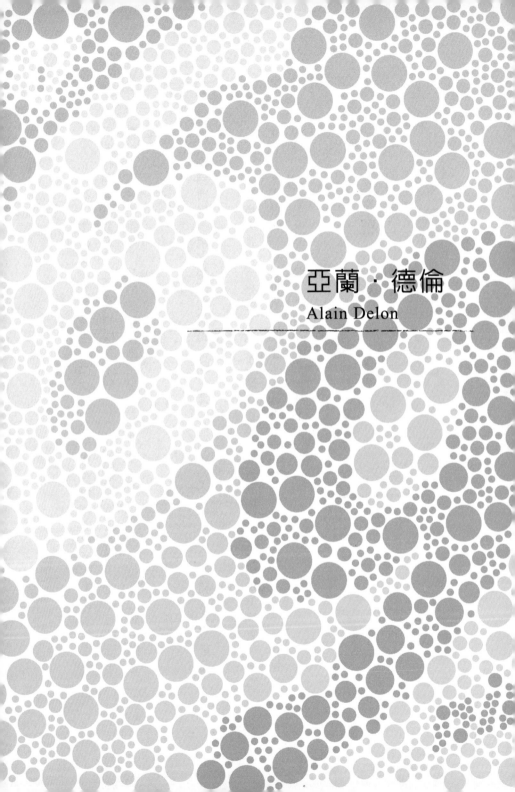

刑警總是突然找上門來。

他們是絕對不會說：「我是刑警，現在要過去逮捕你，麻煩你務必待在家裡，還請多多指教。」這種話的。曾經有刑警來訪經驗的人，會發現人生中一個重要的部分。那就是——不幸，總是不知不覺間，在自己不知道的地方，自行發育，然後有一天突然出現在眼前——這個重要的事實。幸福則相反。幸福，是陽台上的可愛小花苗。或說是，一對金絲雀的雛鳥。在眼睛看得見的地方，一點一點慢慢成長。

看起來似乎沒有發生任何事情的時候，一切事情都已經發生了。

那天，一早就非常晴朗。景色依舊。電視節目也和平常一樣。形狀像是將棋的王將棋子的冰棒，那低級的甜味也依然如故。四個男人摁了門鈴，把老媽叫出去。沒有進屋裡來。老媽臉色大變，回來叫老爸。我還不知道發生了什麼事。只不過那四個並不是瓦斯收費員。有一股**不祥的預感**。不祥的預感就如同霧氣一樣。冷冷溼溼地飄著，然後忽然凝結出具體的形象。其中一人在玄關門外看著我。老爸和老媽也都回過頭來看我。霧氣越來越濃。老媽蹲了下去。

「那幾個是刑警。」

老爸來到我身旁，這麼說。

「說你是北高校園封鎖的重要參考人，要帶去問話。」

剎那間，冰棒失去了味道。景色變了。預感的霧氣凝結成像。我陷入失神狀態。東窗事發了。可是，怎麼會呢？一連串的疑問和不安不住打轉，喉嚨越來越乾。

「我跟他們說可能搞錯了，可是到底怎麼樣？是不是你幹的？」

將棋棋子形的冰棒逐漸融化，糖水滴滴答答落在地上。是的，我回答。

「喔。」

老爸看著滴落地上的冰棒糖水好一會兒，露出難過的表情，走回刑警那邊。

警察局與其他任何地方都不相像。勉強要說的話，大概像是蓋得很差勁的高中老師辦公室吧。走進偵查室時，我一直喃喃念著保持緘默保持緘默保持緘默。隔著簡陋的桌子坐在我對面的，是一個名叫佐佐木的中年刑警。四目一相遇，他就喔呵呵呵衝著我笑。窗子裝有鐵欄杆。佐佐木的襯衫胸口敞開，手上搖著一把繪有孔雀的扇子。好熱。汗水從額頭、臉頰流到脖子，我一直猛擦汗。

「熱嗎？」

佐佐木問。我沒有回答。

「我也熱啊，山田啦，大瀧啦，成島啦，他們全招了。」

佐佐木掏出hi-lite香菸，抽了起來。

「矢崎同學，大家都說是你帶頭的，是不是啊？」

眞想喝點什麼。喉嚨裡還殘留著冰棒黏膩的甜味。

「你打算什麼都不講喔？」

另一個刑警送了麥茶來，放在我和佐佐木面前。我沒碰杯子。因爲我害怕。害怕一喝了麥茶就會全盤托出。

「好吧，那會很耗時間喔，山田和大瀧全都說了，大概中午就會到家了吧，噢，矢崎同學不肯講喔，我說啊，你才十七歲而已，況且，這次的審訊也算是自動到案，就算這樣一直保持沉默我們也不會拘留你，可是明天會再請你過來，而且其他人的筆錄很快就可以整理好，到時候我們可能就要去**逮捕**你了。」

臨出門的時候，老爸曾對我說：「劍寶，警察全都知道啦，所以除了出賣朋友這種事情之外，你就老實說出來，早點回家。反正又不是殺了人。」兒子被警察帶走的時候，竟然還能夠說出如此冷靜的話，眞是服了我的老爸。

「我說啊，矢崎同學，這就是警察的工作，懂嗎？我們在這麼熱，又這麼小的房間裡，面對的可不是只有你這種以東大爲目標的高中生，啊，聽松永老師說，你是個相當優秀的學生喔。」

警察三兩下就把一切都調查清楚了。不幸通常是在不知不覺間發展的。就和蛀牙一樣。

「可是我們面對的可不是只有你這種人，還有流氓、流浪漢，有腦袋空空的妓女，還有會不知所云的嗑藥蟲，那可就累人啦，夏天熱死人，冬天冷到發抖，我又有神經痛的毛病，可是這是我的工作，無可奈何啊，有時熬到半夜一、兩點煩得要命也沒辦法，工作嘛。可是你不一樣，你是應屆的考生喔，很辛苦吧？唉，還是不打算開口嗎？那明天早上八點還得再來走一趟啦，明天也不說嗎？要是一直都不說，就非得逮捕你不可了。」

眞不知道自己的臉上這時到底是怎樣的表情。我變得很脆弱。或許是動機的緣故。又不是家人遭到殺害。刑警說得沒錯。我眞想早點從這麼麻煩、沉悶的事情中，從審訊中脫身。找不到任何著力點。可以依靠的只有反抗心理而已。只有「怎麼能夠協助警察呢？」的念頭而已。可是，不想待在這種令人不快的地方的情緒逐漸支配了我。

「爲什麼會東窗事發，你知道嗎？」

我搖搖頭。水滴從裝麥茶的廉價塑膠杯外面流下，逐漸弄溼了已經斑駁的桌面。偵訊室這種淒慘的景象，是爲了讓參考人或嫌疑犯的反抗心理逐漸崩潰，但是高中生怎麼可能了解這一點。自尊逐漸被剝除最後終於自白，這種事情，小市民出身的十七歲男孩是無法理解的。我的心裡，就只有好想回家，好好享受冰棒而已。

「不知道？要不是有人說出來，就應該不會被發現吧？嗯？不是嗎？」

我逐漸失去了羞恥心。心裡尋找著能夠支撐自己的東西。是什麼時候去看「阿爾及爾之戰」（The Battle of Algiers）的呢？是和老爸一起去看的。**阿爾及利亞**的那些恐怖分子，即使背後有瓦斯槍抵著也不肯招供。沒錯，寧可死也不能做出出賣朋友這種丟臉的事情……可是，想要早點回家躺下來舔冰棒的我，卻暗罵自己太蠢。這裡是阿爾及利亞嗎？我面前的是法國的祕密警察嗎？我們參與的是獨立戰爭嗎？招供的話會有人送命嗎？

「自己看看吧。」

刑警指指桌邊的一疊筆錄。

「你的朋友全都招了。」

聽說大家都招了，我大吃一驚。中村是否招出拉屎的事情呢？有沒有說是在矢崎的指使下才在校長的桌上拉屎的呢？我開始害怕了。正如阿達馬所言，拉屎可不是鬧著玩的。拉屎這種行爲沒有思想。我看過許多大學的全共鬥抗爭紀錄，印象中並沒有以大便作爲抗爭手段的。搞不好會罪加一等，可是我更擔心可能會被**當成變態**來處理。是不是會被松井和子討厭呢？這樣一點都不羅曼蒂克啊……

「就算你不說，我們也全都知道了。你的夥伴全都招啦，說來聽聽，是爲了什麼理由才不說的？這不是很笨嗎？難道想掩護誰嗎？難道是要掩護那些供出你的名字，而且全都說是依照矢崎的計畫去做的傢伙嗎？這麼做你就高興啦？」

刑警這番話，和正想吃冰棒的我的內心獨白一樣。連阿達馬的名字都出現了。能夠信任的只有那小子而已。我和其他人並非因思想而來往。那些傢伙不一樣，他們是劣等生，只是爲了克服那種自卑感才參與校園封鎖行動罷了，被當作和他們是一夥的，實在令人受不了……一個人一旦拋棄了尊嚴，便可以無止境地欺騙自己。我已經無法將「劣等生是爲了克服自卑感才參與校園封鎖行動的，理由很充分嘛」這種認定視爲理所當然了。阿爾及利亞和越南都太遙遠了。這裡是祥和的日本。我們的確會聽到幽靈式戰鬥機的呼嘯。以前的女同學也在舔黑人大兵的雞雞。但是並沒有流血。也沒有遭到轟炸。也沒有整個背部都被燒夷彈灼傷的孩童。我到底在這麼一個國家的，西端的小城的，警察局的燠熱小房間裡幹什麼啊？在這裡保持沉默，世界難道會改變嗎？不論東大或是日大，全共鬥不是已經完全失敗了嗎？……我試圖尋找。我需要某種憑藉，才能夠對抗面前這個滿臉皺紋、眼睛渾濁的中年人。我能做的，只有罵一聲「我最討厭你這種人啦」，然後吐舌頭扮鬼臉而已。好想舔冰棒的我一再反問自己。爲什麼要去搞校園封鎖呢？我既不是阿爾及利亞的恐怖分子，不是越共，也不是格瓦拉手下的游擊隊，爲什麼會待在這種地方呢？我自己很清楚，爲的是獲得松井和子的讚美。可是，不知爲什麼，我無法抬頭挺胸說這是個光明正大的動機。

「你想變成乞丐嗎？」

佐佐木刑警這麼問。他坐正姿勢，表情轉爲嚴肅。

「這種人我可看多了，你知道嘛，乞丐，有很多在松浦町或是玉屋附近晃蕩不是？嗯，或許矢崎很適合當乞丐也不一定，你大概也很喜歡嬉皮吧。我認識好幾個淪落成乞丐的人喏，說到這裡我又想起來，其中也有一個挺像矢崎哩。乞丐啊，絕大部分都不是傻瓜，不過有些是在淪爲乞丐之後腦袋挨了揍才變得半傻的，在那之前，那些傢伙可都不是傻瓜，而且個個都想要進東大或是京大的，是吧，就因為一念之差，就因為犯了一點小錯喔，結果呢，一下子就淪為乞丐啦，乞丐啊，臭死了。」

我，喝了麥茶。而且，投降了。

回到家時已經夜裡十一點多。不是吃冰棒的時候了。老爸和老媽都久久沒有說任何話，「啊，哥哥回來啦，好晚喔。」妹妹也醒了，身上穿著印有可愛小豬的睡衣。「哥，要帶我去看亞蘭・德倫的電影喔。」不知道她是毫不知情還是為了緩和一下氣氛才這麼說的。「嗯，沒問題，我帶妳去看。」我擠出笑容這麼回答，「哇，好棒喔。」妹妹說著過來親了我的臉頰一下。

聽到妹妹熟睡的呼吸聲之後，老爸喃喃說道：「亞蘭・德倫喔。」雙臂叉在胸前，眼睛一直望著天花板。

「亞蘭・德倫和尚・嘉賓（Jean Gabin）合演的那部片子，叫什麼來著？和你媽一起去看的吧，好幾年前了。」

「是『地下室旋律』吧。」老媽臉上明顯留有淚痕。

「啊，沒錯。」

接著老爸又沉默了一陣子。這種時候，時鐘的聲音聽起來特別大。不論任何時候，時間都會確實流逝啊，我居然想著這種奇怪的事情。

「我說你啊，」

老爸突然轉向我。

「要是被**退學**的話，有什麼打算？」

在我回家之前，爸媽應該已經談過很多了。

「我啊，會去參加檢定考試，然後去念大學的。」

我這麼回答。

「我知道了，快去睡吧。」

老爸用平靜的語氣這麼說。

「昨天，我們接到警方的通知，這已經不是責罵或是訓話可以解決的問題了，處分遲早會下來，應該會由校長來公布吧，總之，在那之前，你們就安分一點吧。」

輔導課開始之前，班導松永老師把我和阿達馬叫去老師辦公室，說了這番話。辦公室裡的氣氛很奇怪。比方說蹺掉補考、泡爵士喫茶店被逮到，或是在廁所抽菸被抓到而被叫來的時候，情況則完全不同。這回的氣氛很冷。也沒有老師說「又是矢崎這個笨蛋啊」或是「偶爾也要來接受讚美嘛」之類的話。體育老師們還有訓導主任，都只是遠遠在自己的位子上盯著我們和班導師而已。甚至有的老師一和我們的視線相遇就低下頭去。想必是不知道該如何應付吧。畢竟，這是創校以來，最不幸的事情啊……

在輔導課的教室裡也一樣。同學們讀著《枕草子》，一副什麼事情也沒發生的模樣。因爲我和阿達馬，已經超出九州西端的鄉下高中生所能理解的範圍了。同學們也都還不知道該如何對待我們才好。

下課休息時間，只有少數幾個極親近的同學，聚集在我和阿達馬身旁。「哎呀，還眞是有意思啊！」我大聲打開話匣子。將計畫、執行、警察的偵訊等等描述得誇張又有趣。說到中村屙屎那一段，更是一再引起爆笑，班上同學已經有一半圍著我和阿達馬。說出來之後，我成了明星。我學到了一件事。若只是自己默默反省，根本就不會有人理睬。因爲誰也沒有能力判斷。在這種高中，沒有人能夠對校園封鎖這種事情做出思想性的判斷。所以說，能夠樂在其中的人就贏了。即使害怕會被退學，只要能夠開心地笑著，暢談校園封鎖行動多麼好玩，就能夠讓一般的學生安心。事實上，這種事情大家都想參與。不過，也只有半數而已。剩下的，大概只是更加深他們的敵意而已。那些傢伙都認爲我應該哭著乞求原諒才對。在那些傢伙含著憎惡的視線下，我繼續扯下去。「就算被退學，」我在心中對那些傢伙低語。「就算被退學，我也不會輸給你們。我要，讓你們一輩子都聽到我快樂的笑聲……」

輔導課後，我、阿達馬，還有岩瀨，三個人在圖書館聊天。

「到底哪裡露出馬腳啦？」

岩瀨問。

「都是布施那個笨蛋。」

阿達馬說明。

「布施住在相田町，不是距離學校比較遠嗎？那個笨蛋，穿著沾了油漆的衣服，半夜騎腳踏車回家，結果呢，在路上被警察叫住，相田町一帶那麼偏僻，會在半夜裡騎腳踏車的只有小偷咩，要是他會掰就沒事了，鄉下警察啥也不懂，要矇過去還不簡單嗎？可是他卻結結巴巴交代不清，當時警察也絕對料想不到是幹完校園封鎖回家的途中，問過校名和姓名之後就放人了，可是看到新聞，再怎麼笨的警察都會起疑吧？於是立刻把布施拉去，結果那個笨蛋，又一五一十全都說出來啦。」

「矢崎同學。」背後傳來天使的聲音。松井和子站在那裡。一臉認眞。珍淑女的旁邊還有，人稱北高英語話劇社的安・瑪格麗特的佐藤由美。

「我跟由美商量過，打算發起**連署活動**……希望能夠讓你們不至於被退學……」

聽到這番話時，如果我是條狗的話，一定會瘋狂地猛搖尾巴，連小便都漏出來，嘴巴冒泡，而且在地上打滾吧。

林登 · 詹森

Lyndon Johnson

三年級的女生全都集合在第一運動場，正在練習國體開幕典禮的大會操。負責指導的是，戰爭未亡人小文。汽車教練場的教官可以說就是最好的例子，所有的教師，都會利用自己的地位來恫嚇學生以塡補生活空虛的失落感。晦暗孤寂的人際關係，製造出這些不知恥的老師。

「喂喂，那邊三班的人，沒有男生在看妳們啦，就是怕別人看才不敢把腿抬高，沒有人會看妳們的腿啦，快點用力把腿再抬高一點。」

小文拿著手持擴音機大聲嚷嚷。明明一眼往下望去就有三百個十七歲的少女，我和阿達馬卻都無精打采。因爲校長明天就要公布處分方式了。珍淑女和安・瑪格麗特策劃的連署運動已成泡影。因爲校方事前察覺而施壓制止了。

前天下午。輔導課結束後，我和阿達馬等人閒聊，討論吉米・佩吉和傑夫・貝克兩人，誰的指法比較快誰的腳程快誰的吃飯速度比較快這些有的沒的。「珍妮絲・賈普林一定連屁聲都是沙啞的吧。」我這番話引得全員大笑。有一個人突然止住笑，指指教室門口。所有人都止住了笑。變得鴉雀無聲。因爲天使站在那裡。松井和子正看著我們。美少女，就是擁有讓男孩們停止爆笑的力量。醜女則相反，她們是爆笑的來源。

「矢崎同學，有件事想跟你說……」

松井和子說著低下頭去。我呢，懷著想要邊唱「嗡嗡嗡，嗡嗡嗡，大家一齊勤做工」邊跳舞的心情，用輕快的步伐向天使走去。天使來到走廊，輕輕倚在牆上，雙手背在身後，抬眼凝視著我。「要是能夠被這樣一雙眼睛凝視，」我這麼想。「要是能夠被這樣一雙眼睛凝視，我一定會興奮得什麼都願意做，即使要我上戰場都無所謂……」

「矢崎同學，我呢。」

天使的聲音很小。必須更靠近一點才聽得清楚。於是我靠近到能夠聞到松井和子的洗髮精香味的距離。看著那微微冒汗的額頭、粉紅色雙唇上的微紋，以及微微顫動的長睫毛，我陷入恍惚的狀態，心想若是緊緊抱住這美麗的橢圓形臉龐不知會怎樣。大家全都由教室探出頭來，阿達馬嘻嘻笑著。也有人握起拳頭，將拇指從食指與中指間伸出，比著邪惡的手勢。

「要不要找個地方，去圖書館，怎樣？」

我這麼說。

「在這裡說就好。」

天使拒絕了兩人獨處的提議。

「是這樣的，我和由美，還有其他人，因爲打算發起連署運動，結果都被老師找去，本來我不打算來跟矢崎同學講的，可是不說的話心裡又覺得不安，那個，我，我一定得跟你道歉，嗯。」

我全都明白了。原來是老師威脅松井和子。那些不知恥的老師。我馬上可以想像出他們是如何刁難學生的。手段都一樣。本質上和警察或憲兵是一樣的。他們，都站在法律制度那一邊。「有什麼不滿呢？說來聽聽，在這個祥和而自由的國家，在全縣東大錄取率最高的本校，你們應該爲自己的將來好好努力用功才對，有什麼不滿呢？」以這種說詞不斷進逼。

「對不起。」

松井和子咬著唇。或許是想起了受到老師屈辱的對話。沒有比這更令人生氣的了。那些傢伙經常掛在嘴邊的就是「**安定**」。換句話說，就是「升學」、「就業」，還有「結婚」。他們認爲只有在那些大前提之下才能夠獲得幸福。雖然那些大前提令人作嘔，卻意外地難以招架。對仍是無名小卒的高中生來說，尤其難以招架。

「松井，妳是三班的嗎？」

我這麼問，天使點點頭。

「導師呢？清水嗎？」

「嗯，是清水老師。」

清水是個陰險的傢伙，下巴突出，側面看來就好像新月一樣。「松井，妳到底在想些什麼啊？矢崎那種不良少年，和妳是什麼關係啊？能不能自己好好想清楚一點哪？」我模仿清水的模樣說話。清水畢業於佐賀大學的國文系。全日本最土的大學，而且還是國文系。除了縣政府前的七彩噴水池之外，佐賀就只有舊城遺跡和農田了。拉麵難吃，年輕女孩子也少。是個生產稻米供應福岡與長崎的農業縣。在那種毫無特色可言的縣研究什麼國語文的人，根本無權對松井和子這種美麗又有勇氣的高中女生說教。

雖然我模仿清水的功力並不到家，松井和子仍然一隻手掩著嘴，笑了。

「啊，差點忘了，等我一下。」

我說著回到教室裡，跟一個名叫江崎的連鎖美容院小開耳語：剛才那張唱片借我。「耶？可是……」江崎一臉不願。「少廢話，借我就是了。」我瞪著要他打開提包，然後一把將還沒拆封的新唱片《吝嗇激動》（Cheap Thrills）搶走。

我不理會江崎「啊，我一次都還沒聽過耶……」的哀號，逕自跑回天使身邊。

「死心吧死心吧，這種情形下，就算對方是老師或是警察，劍都照樣會拿走的，你就認命吧。」阿達馬安撫江崎。

「松井，喜歡珍妮絲・賈普林嗎？」

「啊，那張唱片我知道，是一個聲音嘶啞的女人唱的對吧？」

「嗯，這張超正的。」

「除了鮑布・迪倫、唐納文、瓊・拜亞這一些民謠系的人之外，其他都不太認識，不過，這張唱片我知道喔，裡面有〈夏日時光〉那首歌對吧？」

松井和子眞體貼。都沒提起那張之前說定卻沒有下文的賽門與葛芬柯。

「這張借妳，所以呢，就把那些忘掉吧，把連署運動忘掉吧，我覺得自己應該不至於被退學的啦。」

「呀啊，可是，這還是新的耶，矢崎同學，你自己一次都還沒聽過吧？」

「嘿，沒關係，反正我馬上就會被罰閉門思過或是停學，時間多得很不是？到時候再來好好欣賞吧。」

隔著走廊的玻璃窗看著遠方的群山，努力裝出看起來很孤寂的笑容，我這麼說。因爲發覺松井和子一直抬眼凝視著我，眞想當場手舞足蹈高喊：「萬歲！我成功啦！」天使離去時還頻頻回首。回到教室，看到江崎賞我一個衛生眼，嘴裡還嘟囔著：「自私，就只想到自己，完全不考慮別人……」阿達馬則是出言稱讚：「嗯，一百分！滿分！」

因爲這樣，反對退學的連署運動也無疾而終，接下來就只有靜待判決了。

「我說，怎麼覺得這大會操讓人越看越火啊？」

看著跟隨音樂在運動場依照白線又跑又跳的高中女生集團，阿達馬氣呼呼地說。我還是第一次見到阿達馬面露這種表情。阿達馬是個溫和而冷靜的人，從不會在人前顯露憤怒、厭惡，或是悲傷。雖然生長在極偏僻的煤礦鎮，但因爲父親擔任管理事務職，母親的家世不錯又是高等師範畢業，所以成長過程完全不缺親情與玩具。何況還一直學風琴到五歲，就煤礦鎮的小孩來說，幾乎可以算是特權階級了吧。

這樣的阿達馬，變得消沉了。因爲在意即將公布的處分。

「錯啦錯啦，已經說過好幾遍了不是！」

小文斥責高中女生的怒吼相當刺耳。細瘦的脖子浮現青筋和血管，不耐煩地扭動下垂的屁股的小文，根本就無權如此囂張。就算阿達馬剛才沒說那番話，我也覺得**想吐**。看著那些十七歲少女的身體（當然其中也有很糟的）屈從於命令，實在令人不快。十七歲的身體，可不是為了在這八月的豔陽下，被迫穿上土裡土氣的運動服接受強迫勞動而存在的。其中當然也有人長得像河馬，可是光滑又有彈性的肌膚，是為了在海邊踏著浪花歡呼奔跑而存在的。

我們之所以會無精打采，並非只因為明天即將揭曉的處分而已。看著女生的大會操，也讓我們越來越鬱悶。看到被強迫的個人或是團體，僅僅如此，就夠令人不快的了。

晚餐時，老爸老媽都沒提處分的事情。飯後我和穿著浴衣（譯注：夏季的單件和服）的妹妹一起玩仙女棒。「哥，下次我帶鳥飼同學來家裡玩。」妹妹說。那個鳥飼同學跟妹妹同班，是個日美混血兒，才小學六年級就頗具姿色。我常要妹妹把她介紹給我。妹妹重提此事，是為了要給表面上開心玩著仙女棒，卻總顯得無精打采的我一點希望。

老爸來到緣廊，說道：「也讓我玩玩。」便赤腳走下院子，拿了三根一次點著，不住畫著圈子。「哇啊，好漂亮喔。」妹妹拍著手。

「劍寶，明天呢，」

老爸說道。因為我已經開始想像鳥飼妹妹的藍色眼眸和開始隆起的胸部，所以沒有立刻會意是在說公布處分的事情。

「明天呢，我就不去了，請媽媽陪你去，你也知道，如果我也一起去的話，搞不好會當場吵起來。」

老爸總是如此。接到學校通知的時候，出面的必定是老媽。我也覺得這樣比較妥當。我可不想看到老爸和我一起跟人道歉。

「到時候，眼睛別轉向別處。」

老爸這麼說。

「當校長數落你各種不是的時候，眼睛不要轉開，也別看地下哪，不要低聲下氣的，我的意思並不是要你太囂張，只是別畏畏縮縮就好，你們又不是犯下了殺人、竊盜，或是強姦這些重罪，只是因爲信念而做的，所以就堂堂正正去接受處分吧。」

眼淚都快流出來了。自從封鎖行動敗露之後，我們就一再受到大人們的攻擊。給了我勇氣的，老爸是頭一個。

「要是發生革命的話，你們說不定還會成爲英雄，被吊死的搞不好反而是校長，就是這麼回事。」

老爸說完，又拿仙女棒畫著圈。火花轉眼間就熄滅了。

可是，很美。

這還是第一次和老媽一起走進校門。小學的入學典禮，是祖父帶我去的。因爲雙親都是老師。遇到了阿達馬的媽媽。高個子，和阿達馬一樣輪廓很深。「這次的事情，都是我這孩子引起的，眞是對不起。」我老媽說著向阿達馬老媽一鞠躬。「說這什麼話呀，沒有必要跟阿達馬的媽媽道歉吧。」我在旁邊嘀咕。「因爲從小到大總是你帶頭闖禍，我都成習慣了嘛。」老媽回答。阿達馬的媽媽直盯著我瞧。就是這個男孩騙了我們家寶貝小正……面對這樣的眼神，我還是擺出笑容，用很有精神的聲音打招呼：「您好，我是矢崎。」因爲，這個樣子，也已經變成我的習慣了。

無限期閉門思過，校長這麼說。雖然說是無限期，但是視反省的情況，當然也有可能提早解除。由於畢業以及升學考試也都近在眼前，切勿輕舉妄動亂跑，還請家長好好督促學生反省……校長又這麼補充。

「沒有被退學。」

老媽流著眼淚打電話通知老爸。雖然無限期這個字眼令人聯想到無期徒刑而讓我感到鬱悶，但是閉門思過就等於堂而皇之蹺課的意思，還算輕鬆愉快。

離開校長室，經過前庭要走往校門的時候，雖然還在上輔導課，軟派代表城串裕二仍然從窗戶探出頭來大喊：「劍仔、阿達馬，怎樣？」我不管跳腳要我安分一點的老媽，用響徹校園的聲音回答：「喔，沒有被退學啦，是無限期閉門思過。」樂團夥伴、班上的同學、增垣那批學弟、成串手下的軟派一夥，還有，還有，還有，還有，還有，還有松井和子，都從窗戶探出頭來。大家都朝我揮手。我呢，只跟松井和子揮了揮手。

閉門思過原則上是不能夠踏出家門一步的，但是如此容易造成焦躁而產生反效果，所以「鎮內散步」這點自由還是被認可的。

我並沒有不自由。上電影院或喫茶店是不可能的了，可是我家靠近市中心，可以舔著冰棒帶狗去公園或基地玩耍，也有書店和唱片行，有可以偷看和黑人大兵親熱的妓女的家，而且妹妹也帶著鳥飼同學來家裡介紹給我認識。

阿達馬可就悲慘了。阿達馬搬離宿舍，回到煤礦鎮。因爲不景氣而面臨關礦危機的煤礦鎮，除了鞋店、乾貨店、文具店和服裝店之外什麼也沒有。而且還是只有福助和式襪的服裝店；沒有圖畫紙，只有草紙的文具店；乾貨店裡沒有咖哩調理包，鞋店也只賣膠底布鞋而已。關礦的傳言自前年起就籠罩全鎮，人口不斷減少，剩下的大多是想走也走不了的老人。

已經知道齊柏林飛船、尙・蒄內，以及騎乘體位的十七歲男孩，根本就不可能平心靜氣在這種鎮上閉門思過。

「怪了，你怎麼那麼乖巧啊？」老爸對我的表現感到訝異。因爲我在前來監督的老師們面前表現出反省的誠意，客氣地談笑，還會端出冰麥茶招待，可是阿達馬根本無法這麼悠哉。

眞是一肚子火，這是阿達馬在電話裡的口頭禪。與我相反，他總是與前往監督的老師發生爭論。

「唉，火氣別這麼大嘛。」

「劍，大家都說你已經徹底反省了，是眞的嗎？」

「裝樣子的。」

「裝樣子？」

「正是。」

「耶？竟然能夠裝出那種樣子？不覺得對不起格瓦拉嗎？」

「別太極端了嘛，太極端囉。」
「劍，嘉年華該怎麼辦？」
「照辦啊。」
「劇本寫好啦？」
「快了。」
「快點送過來啊，這邊能夠找得到的東西，我會盡量先準備好。」
「你說準備，大概能找到的也只有福助襪子罷了，準備一些煤炭、礦渣什麼的也沒用吧。」
跟閉門思過中的阿達馬開這種玩笑可行不通。我一這麼說，電話立刻喀嗒一聲掛斷了。我一定得再打過去賠不是才行。
「對不起對不起，別生氣啊，劇本就快完成了，一寫好立刻送過去，還有，關於開幕典禮，就是嘉年華的，還記得曾經在『道』見過的那個女孩吧？純和的長山美繪，讓她穿上白紗衣，手裡拿著蠟燭，音樂就用巴哈，《布蘭登堡協奏曲第三號》，然後呢，要她另一手拿把斧頭，舞台上呢，就準備一些三夾板，貼上北高教師啦、佐藤榮作首相，還有詹森的照片，然後使勁用斧頭把板子砍爛，怎麼樣？很有意思吧？」

聽完這番話，阿達馬的心情總算好轉了。能夠讓一肚子火的阿達馬支撐下去的，就只有嘉年華而已。校園封鎖之後，不只是阿達馬，所有人都期待著下一個「慶典」的到來。

吝嗇激動

Cheap Thrills

班導師松永，學生時代似乎曾長期罹患肺結核，非常瘦。是個一輩子都不曾大聲說話的穩重紳士。暑假裡，老師每隔兩天來我家一趟，有時候連著每天都來。

即使來訪，因爲老師沉默寡言，幾乎不太說話，只是「有沒有精神啊？」「別太心浮氣躁喔。」這樣問候兩、三句而已。聽說老師也天天去阿達馬那邊看看。對於大吼「所有老師都是資本家走狗」的阿達馬，他只是點頭苦笑也不加以反駁，讚美一下屋子前面的向日葵或是什麼東西很美，然後就回去了。

每天輔導課結束或是沒課之後，松永都會搭公車來到位於台地上的我家，以及阿達馬家所在的煤礦鎮。

從我的房間可以看到公車站。由公車站到我家必須爬很長一段狹窄的坡道和階梯。松永總是走那上坡來到我家。途中會數度停下來休息。曾罹患肺病的老師，滿頭大汗辛苦奔波，並不是爲了說教，只是要來問一句：「今天好嗎？」而已……在我心裡，對於松永的輕蔑已然消失。

「現在說這些，也許你還沒法明白吧，我在念師範學校的時候，曾經動過六次大手術，胸部被割得亂七八糟滿是傷痕，還曾經失去意識，起初覺得很恐怖，可是不論什麼事情最後都會習慣的，不論是手術、痲醉，或是失去意識，都已經習慣啦，於是呢，我覺得什麼都無所謂了，比方說，夏天裡，光是能夠看到向日葵或是美人蕉綻放美麗的花朵，我便覺得什麼都無所謂了。」

松永偶爾會對我說這樣的事情。雖然我心中的輕蔑消失，漸漸覺得松永是個了不起的老師，可是不論我或是阿達馬的心境，都還距離「無所謂」很遙遠。

阿達馬的焦躁早就達到了頂點，第二學期開學後，連我也開始坐立不安。平日的，地方都市的上午，孩子們全都上學去，成年的男人也都不在，剩下的只有女人、老人、乳幼兒，還有狗。小學時早退回家的時候，街道看起來都和平常不一樣。鐵捲門半開的花店傳出切花的香味；鞋店老闆才剛開門，拿著雞毛撢子邊清理邊打呵欠；人家的窗戶傳出沒聽過的電視節目聲音；幼稚園童在鐵網圍牆內遊戲，老人們則蹲在樹蔭下談笑。街道，令人覺得有種疏離感。

可是我卻必須面對這樣的市街在家反省。暑假結束後，也越來越擔心各科的出席天數。而且我的曠課也很多。一想到**留級**就脊背發冷。要是得在那種高中再待一年，我怎麼可能受得了。

一個下雨天，也沒辦法帶狗去散步，我只好在家打鼓。門鈴一直響，開門一看，竟然是阿達馬的媽媽。

「我是山田的媽媽，有些事想跟劍同學談談。」

聲音聽起來很沒有精神。

「嗯，我來找你的事情，請不要告訴小正，那孩子會不高興的。」

一口字正腔圓的標準語。

「我知道來找你也沒辦法解決什麼問題，可是我找不到其他人可以說。你應該聽說了吧？我們那邊，據說快要關礦了，我先生忙得很，沒有時間去管小正的事情。」

阿達馬的媽媽伸直脊背，用白手帕拭了拭脖子和額頭。眞棘手，我心裡想。萬一她哭起來，該如何是好……

「這兩、三天，我們都沒有電話聯絡，他，還好嗎？」

聽我這麼問，阿達馬的媽媽深深嘆了一口氣，搖搖頭。然後是一陣沉默。總不會已經發瘋了吧，我開始擔心起來。越是像阿達馬那樣溫和而沉著冷靜的傢伙，遇到逆境的時候反而特別軟弱，該不會已經頭髮上綁著緞帶身穿花色浴衣淌著口水，用風琴彈奏小蜜蜂還邊跳舞了吧……

「老實說，我還是第一次看到小正那個樣子。」

果然……他肯定會望著高掛在礦渣山上方的滿月「喔嗚喔嗚」狂吠不會錯……

「幾個孩子裡面，小正最像我，是個非常乖的小孩，安靜，說起來，我甚至還擔心以一個小孩子來說是不是太冷靜了，是個不太容易受外界事物影響的孩子。」

才不是這麼回事哩，他看《小拳王》的時候也會想哭，翻《平凡Punch》的時候也會直吞口水的喔。我本來想這麼說，但還是忍住了。

「可是，他卻會粗魯地頂撞老師。看到小正最近的表現，總覺得，他離我越來越遠了。」

都已經高中三年級了，不越來越遠才怪呢，我本想這麼說，但還是忍住沒開口。因爲阿達馬的媽媽已經眼眶泛紅了。

「在被罰閉門思過之前，我就經常聽到你的事情，小正常說有個叫做劍的同學，所以，我才想來找你談一談。你呀，到底有什麼想法？」

「想法？什麼意思？」

「我的意思是，比方說考大學。」

「我啊，不太認同那種價値，現今的日本教育，與其說是培養一個社會成員，不如說完全就是要篩選爲資本與國家服務的工具……」

我發表了長篇大論。從全共鬥運動、馬克思主義、六〇年安保的教訓、卡繆的荒謬文學、自殺與性解放、納粹主義、史達林、天皇制與宗教、學生兵、披頭四、虛無主義，一直扯到附近理髮店老爹的倦怠與頹廢。

「你說的這些我幾乎都無法理解。」

「是啊，其實我也不懂。」這種話，我可不敢老實說。有代溝並非什麼可恥的事情，我說。長篇大論令我口乾舌燥。如果是說給松永聽，他也只會苦笑，太無聊了；對自己的父母，我會不好意思，根本說不出口。一來養育之恩會令我內疚，同時也有語言的問題。比方說，如果要用方言來討論卡繆的《瘟疫》，大概會變成笑話。《瘟疫》這書啊，可不只是一個談論疾病的故事而已。那是一種隱喻，其實象徵的應該是法西斯主義以及**共產主義**……使用方言，立刻就會被拆穿這只是半吊子的賣弄。可是對象是好友的媽媽可就輕鬆了。因爲我既不曾讓她換過尿布，她也不知道我曾經因爲搶豆沙包而把妹妹打哭，也不曾因爲跌斷腿而讓她背。可以裝模作樣暢所欲言。

「不過你剛才所說的，我多少也能夠明白，因爲在戰爭中，我也曾經在弓張岳山頂的高射砲部隊負責事務性的工作，看過因空襲而陣亡的士兵，你和小正都是因爲不想生活在那種世界，才會做出那麼多事情吧？」

不不，純粹只是耍帥，想要吸引女孩子注意而已。這種話我可不敢說出口。

「其實，小正的情緒最近也比較穩定一些了，也有朋友過去探視，哎呀，這其實是不被允許的，不過松永老師都沒有追究，昨天還有兩個漂亮的女孩子，說是去海水浴場之後順路過去的。」

耶，我抬起頭來。

「漂亮的女孩子？是高中生嗎？」

「嗯，不同班就是了，記得一位叫松井，長得非常可愛，另外一位是佐藤，身材高……」

我的腦門充血，後面的話都聽不進去了。珍淑女和安・瑪格麗特竟然去阿達馬家玩。那麼知性、勇敢的都會美女，有必要去探視大方言的阿達馬嗎？就算公主的好奇心再強，也不能拋下出借《吝嗇激動》的王子，做出那種出軌的事情啊。從海水浴場回家？難道是穿著游泳衣過去的嗎？一定是肩頭留有游泳衣的白線痕，身上散發出防曬油的香味，在那只有礦渣山的超超超超超級鄉下，吃著從田裡摘下後立刻放在河裡冰鎮過的西瓜吧，那我到底算什麼，陪老夫人聊天？說什麼高射砲部隊的事務如何如何，有這麼荒謬的事情嗎？槍殺阿拉伯人的莫梭表示一切都是太陽的緣故，就連我的心境都好想變成卡繆。

太荒謬了。

怒火中燒的我打電話給阿達馬。

「喔，劍啊，今天我媽，去府上打擾了吧？」

什麼，這傢伙根本就知道嘛。

「眞對不起啊，還在嗎？」

「喔，剛走。」

「劍，你爸媽呢？」

「兩個都是老師。」

「是哦，那房裡不就只有你們兩個人了？」

「我可是乖乖端出麥茶和年輪蛋糕招待喔。」

「你該不會……」

「怎麼？」

「打啵還是做了什麼吧？」

「白癡！」

「對不起，開個玩笑，唉，今天啊，老媽來問劍的住址，我還禱告千萬別上你家去，結果，還眞的去了。說了些什麼？」

我說不出話來。一來氣昏了頭，又怕有損自尊。該怎麼提起珍淑女的事情才好？被拋棄的男人，立場極度不利。

「到底說了些什麼？難道和我老媽，一直在講我的壞話嗎？」

「才不是，其實，阿達馬，你可別洩氣啊。」

「啥？」

「別太驚訝喔。」

「什麼事？」

「算了，我還是別說的好。」

「什麼啦，說來聽聽嘛。」

「這件事，就算扯破我的嘴也不說。」

「跟我有關的嗎？」

「那當然了。」

「拜託，告訴我嘛。」

「阿達馬，先講好，你聽了之後要保持冷靜啊。」

「好啦，快說。」

「你媽媽啊，跟你爸爸談過，好像打算要你直接去工作，別念高中了，你們不是有親戚在岡山嗎？」

「嗯，有啊。」

「好像是說要你去那裡的果園當雇工，下個禮拜開始，你就要在桃子堆裡過日子了。」

「怎麼啦？實在太不高明了，謊話嘛。」

「是嗎？」

「明明劍唯一的長處就是扯謊。」

「過分。」

「**開玩笑**的啦，啊，對了。」

阿達馬哼哼哼地偷笑。冷靜的男人發出不習慣的偷笑聲，聽起來真噁。

「松井和佐藤今天來我家玩。」

「你說什麼？」

我假裝很訝異。

「說是去歌之浦游泳，回家時順路過來的。」
歌之浦是阿達馬他們鎮上附近的海水浴場。
「耶，這樣喔。」
我故作冷靜。
「哎呀，我最不會應付那種事情啦，吃不消，實在受不了。」
「什麼事？」
「收到一封，算是信吧，傷腦筋。」
「信，是**情書**嗎？」
「不是不是，應該……」
「是情書嗎？」
「唉，大概是吧，用比較老式的文體寫的，說什麼希望能夠交往，我啊，還是比較喜歡韓波。」
我的眼前一片黑暗。
「啊，松井還問起你家的地址，我告訴她了，沒關係吧？」
「管他什麼松井，我才不在乎咧，告訴你，那種女人，既缺乏知性又沒教養，而且還忘恩負義。」

「是這樣嗎？」

「沒錯，沒見過那麼差勁的女人，特地送她《吝嗇激動》當禮物，卻連個感謝卡都沒有，我家老爸可是會一一寄謝卡給那些中元節送禮給我們的人。」

「什麼禮物？那張唱片明明就是江崎的嘛。」

「我管不了那麼多啦。」

「我覺得松井比較優雅，討人喜歡，而且應該不會像佐藤那樣寫什麼老式的信吧。」

「啊？」

「雖然佐藤也很有魅力，論頭腦的話應該還是松井比較好。」

「阿達馬，情書是佐藤寫給你的喔？」

「是啊。」

突然間，我的腦袋裡亮起了一盞燈。而且是百萬照度的明燈。

「沒錯，松井其實並不是凡人，是天使，只是借用了人類的形體而已，她是上帝派來給我的天使。」

實在搞不懂你，還是趕快寫劇本吧，阿達馬說完便掛斷電話。

那天傍晚，我收到**一束花**。

「哇，好漂亮喔，哥哥收到的啊？跟電影裡一樣耶。」妹妹為我拍手。我牽起妹妹的手，邊唱〈瑪麗有隻小綿羊〉邊在屋裡繞著圈。

玫瑰花束中還附有一封短信。

「願這七朵紅玫瑰能夠稍微撫慰你的煩惱……

珍上」

妹妹幫我把花插在玻璃花瓶裡。我把玫瑰放在書桌上，看了一整晚，並且覺得卡繆弄錯了。

人生並非荒謬的。

是充滿幸福和希望的。

我花了兩天完成電影劇本。取的片名是「給洋娃娃與高中男生的練習曲」。因為當時流行長標題。是熬夜寫出來的。那是我三歲時的事。是聽老爸說的。老爸那時帶我去游泳池。因為之前曾有在海中溺水的經驗，我很怕水，不敢進游泳池。或罵或哄或用樹枝打或用冰淇淋引誘，我都只是又哭又叫，不肯接近游泳池。後來出現了一個年齡相仿的可愛女孩子。那個女孩子在游泳池裡呼喚我。聽說，我猶豫了一陣子之後，就為了那個女孩子跳進了游泳池。

完成電影劇本之後，我幾乎沒睡，接著又著手話劇的劇本。花了三天的時間。標題是「拒絕與反抗的另一邊」，出場人物，兩個人。一個離婚的姊姊，一個落榜的弟弟。

「話劇？找誰來演啊？」

阿達馬這麼問。

「我啊我啊，我和松井。」

「松井還沒話說，可是劍，你會演戲嗎？」

「小學的時候，我演過三隻小豬裡的老二，所以，當然是由我來演。」

「該不會有『HAIR』裡面那種裸露的場面吧。」

「白癡，怎麼可能嘛。」

「你呀，一定會擅自加入**接吻的情節**，當心那種情節會讓松井起反感喔。」

我急忙將接吻情節刪除。

珍淑女送的玫瑰已經乾枯，我剛把那乾燥的花瓣寶貝兮兮地收進書桌抽屜裡時，松永滿臉笑意來到，說道：「好消息。」

因爲反省的處分撤銷了。

這是第一百一十九天。

戀愛還太早

Non ho L'eta

時隔一百一十九天之後回到教室座位，上課。不論校門、前庭或是教室，我都不覺得懷念，只有一種和接受處分之前一樣的疏離感。

老師們都用一種「捅了個大樓子的不肖子」的眼神看待我和阿達馬，唯獨導師松永例外。我們既非英雄也不是惡棍，只是棘手的人物而已。

英文課，上的是文法。小個子的男老師齜牙咧嘴讀著例句。發音爛透了。聽起來根本不像英文。這種語言只適用在地方都市的高中教室裡，要是在倫敦講給老外聽，八成會被當成東洋咒語吧，我心裡正這麼想的時候，發現阿達馬正望向這邊。一副無聊的模樣。阿達馬轉移視線，我也跟著朝那邊望去，小學生正在窗外的馬路上列隊前進。大概是秋季遠足。北高那一頭陡峭的坡道，有樹木茂密的小高山，還有公園和兒童文化館。他們大概會去那邊玩丟手帕，吃便當吧。令人羨慕。

小學時，即使只是因感冒請假三天，我都會很想念同學們和教室。可是缺席時日多達一百一十九天，卻絲毫不會懷念這個教室，是因爲，這裡是個進行篩選的地方。不論是狗是豬還是牛全都一樣，年幼的時候都可以盡情玩耍。只有北京料理供作烤乳豬之用的小豬例外。在即將成熟時，都要經過篩選，分類。高中生也一樣。高中生是，化爲**家畜**的第一步。

「劍，成島和大瀧說要大夥兒集合。」

下課時間，阿達馬坐在我的桌上這麼說。

「集合？要幹嘛？」

不知，阿達馬搖搖腦袋。

「集合起來談話也沒什麼意義嘛。」

我說著噘起了嘴。

「劍，你打算收手了嗎？」

「收手？從哪裡收手？」

「嗯，政治活動。」

「我們的所作所爲，你認爲是政治活動嗎？」

阿達馬哼哼哼訕笑了幾聲。校園封鎖算是政治活動嗎？雖然我不是很清楚，但可以確定那是個祭典。就連企業號的時候也是這樣。雖然當時也有流血，可是祭典難免會流血。與群眾的口號聲相比，幽靈式的轟隆聲可要大得多。示威，那是在表達意見嗎？如果眞的企圖衝過佐世保橋的話，只要把旗幟扔掉，拿起槍枝和炸彈就好。正當我對阿達馬說著這類事情時，突然，天使的聲音撩撥了我的耳朵。

「矢崎同學。」

松井和子站在教室門口。看到那張臉，我的腦袋變得一片空白。

「過來一下。」

天使對我招手。天使照亮了這個世界。天使一出現，我們教室就變得鴉雀無聲。七個原本埋首於旺文社英文基本單字的女生抬起頭來，眼中充滿了嫉妒；正逐漸變成家畜的男同學，好像接觸到什麼神聖之物般低下了頭。其中甚至還有人手中的旺文社圖解式數學III啪噠一聲掉在地上，雙膝一屈，兩手合十向天使祈禱……這是瞎掰的，其實是我因爲太過得意而臉頰緋紅。我克制住想要大喊「你們看，這麼漂亮的女孩子送我玫瑰花呦」的心情，朝天使走去。

「那個，我想找個時間還你珍妮絲・賈普林。」

天使珍淑女的旁邊還有妖姬安・瑪格麗特。安・瑪格麗特用熱情的眼神看著阿達馬。

「你能回到學校，眞是太好了。」

聽天使這麼說，我的心情就如同出獄之後情婦來探視的**亞蘭・德倫**一樣。

「嗯，唱片什麼時候還都沒關係啦。」

「啊，我的唱片！」教室一隅，《吝嗇激動》的主人江崎大叫。天使一臉納悶，我打算等一下再來找江崎算帳。

「那個江崎是個美容院小開，因爲過度用功，腦袋已經短路，搞不好就快進少年感化院了。」

聽我這麼說，安・瑪格麗特一臉莫名其妙的表情，接著，才用像是大食帝國寶物殿裡以純金和翡翠打造，全世界最美的鈴鐺發出的聲音，笑了。

「還有，謝謝啦。」

我爲收到玫瑰花一事道謝。

「那種事情，我還是第一次。」

「耶？」

「喔，我是說，第一次收到玫瑰花。」

「哎呀，眞難爲情，別再提了，我呢，也是第一次。」

第一次……那原來還是**處女**囉，我高興極了。接著聊起嘉年華的事情，並請她參與電影與話劇的演出。上課鈴聲響起，天使表示這些事情放學後再詳談，約好在哪家喫茶店後便離開了，我則唱著吉麗歐拉．辛可媞（Gigliola Cinquetti）過去的名曲〈戀愛還太早〉（Non ho L'eta），一面拍著阿達馬的肩膀。

「樂個什麼勁啊，該怎麼跟成島和大瀧說去？」

「什麼事情？」

「剛才的事啊，你的意思不是說，政治方面就只剩下恐怖活動一途了嗎？」

「恐怖活動？才不是恐怖活動哩，松井還是處女耶，這可是她第一次送人玫瑰花。」

「白癡。」

阿達馬又露出他慣有的無奈表情。

午休時，前往辯論社辦找成島的途中，我又遇到天使。天使帶來壞消息。

「矢崎同學，對不起，今天放學後要練習大會操，所以，沒辦法碰面了。」

大會操，大概再也找不出聽起來比這更惹人厭的字眼了。

「而且，男生也是，好像要去清掃，清掃綜合運動場……」

任何人都無權以清掃和練習大會操來破壞我和天使的約會。

氣得渾身發抖的我走進了辯論社辦。

「矢崎，你有什麼看法？嘿，搞了校園封鎖之後，我們也成了不少大學注意的目標，長崎大學的反帝學評（譯注：全名爲全國反帝學生評議會連合）甚至已經正式提出共同鬥爭的建議，下一次要來進行粉碎畢業典禮鬥爭。」

眞是讓人無力。這種事情我已經玩膩了。難道成島、大瀧和二年級的增垣他們是認眞看待這些事情的嗎？我已經不想再看到成島和大瀧的臉了。想扔下一句：「白癡！」然後直接離開這個房間。可是，主導校園封鎖的我，因爲自己將大夥拖下水而深感責任重大……這是瞎掰的，事實上，基於收到天使的玫瑰花可說是拜校園封鎖行動之賜這個理由，我，冷靜地，用標準語說道：

「我呢，已經決定收手了，這是說眞的，請你們仔細聽好，靠木棍和安全帽是成不了氣候的，不論是長崎大或是九大，跟哪邊聯手都一樣，我這並不是在反省封鎖行動的對錯，那眞的很棒，你們應該都知道，之前我不是也曾說過，在這種鄉下高中，要是不採用游擊戰，我們一定會立刻被擊潰，對吧？同樣的方法，用第二次就無效了，更何況，說要粉碎畢業典禮，經過上次閉門思過的處分，能不能畢業都還不知道哩。」

「畢業典禮根本就是帝國主義國家的威權活動嘛。」成島有樣學樣，開始發表長篇大論。正說著時，訓導主任和兩個體育老師探頭往屋裡瞧。

「喂，你們在搞什麼鬼？」

成島和大瀧慌了手腳。一臉「怎麼會被發現呢？」的表情。會被發現也是理所當然的事情，這是閉門思過解除的第一天，校方必定會提高警覺，持續監視我們。

「集會，可是違反禁令的喔。」

訓導主任低沉沙啞的聲音在屋裡響起。

「沒啦，這不是集會，那個，因爲今天才又回到學校，身爲閉門思過的人，我們想辦一個反省會，是一個爲了今後，復學之後，順利恢復學校生活的反省會，大家說是不是？」

我這麼說，並且像電視節目《中學生日記》那樣笑了，可是其他人都悶不吭聲。唯有阿達馬用手捂著嘴偷笑。

聚會被迫解散，我則被叫去老師辦公室。跪坐在訓導主任面前，四周圍了十幾個老師。我之前已經被倒吊在天花板下面，被浸水，臉遭竹劍毆打，背部挨了燒紅的火鉗，大腿被本生燈灼燒……以上純屬虛構，我只是一直聽著又臭又長的訓話，腿上不時被穿拖鞋的老師踹而已。

「你呀，自己要當人渣就去吧，可別把其他學生拖下水，給我聽好，你要是對北高有什麼不滿，快點轉學嘛，十天前，我參加了高你很多屆的校友會，大家都說想要殺了你這個讓北高蒙羞的傢伙。」

上課鐘聲響起。「請讓我回教室。」我說。「我繳了學費，所以有聽課的權利，請讓我回教室。」

依照老爸傳授的機宜，我說話時一直注視著對方的眼睛。旁邊有人賞了我一個耳光。是體育老師川崎。我差點哭出來，並不是因爲痛，而是覺得不甘，爲什麼非得挨這個人揍不可。哭的話就完了。要是讓強過自己的人看到眼淚，即使本身並沒有那個意思，也會變成像在哀求。

就在這個時候。

鐘聲突然響起，傳來校內廣播聲。

「三年級同學請注意，現在要討論今天的大會操練習以及綜合運動場清掃相關事宜，請大家至中庭集合，再重複一次，現在……」

相原和川崎離開現場想要去阻止廣播，卻在老師辦公室門口被阿達馬和岩瀨率領數十名學生擋住去路。

「你們這些人，想幹什麼？」川崎大吼，額頭上的青筋都冒出來了。

「把矢崎還給我們。」

阿達馬說道。

「矢崎又沒有做什麼壞事。」

阿達馬的身後有岩瀨、樂團的夥伴、城串那一幫人，此外還有橄欖球隊、新聞社、田徑隊和籃球隊的人，以及我們班上的七、八個同學。這些都是阿達馬的人脈。負責校內廣播的，大概是其中哪個聲音不容易被認出來的傢伙吧。

學生陸續來到中庭集合。當然並不是所有三年級的人。校園封鎖行動之後拚了命清除我們的塗鴉的那些傢伙，是不可能加入的。阿達馬既冷靜又聰明。堵住老師辦公室門口的學生之中，並沒有看到成島和大瀧的影子。那兩人始終是劣等生，運動也不行，是毫不引人注意的學生，所以並不受歡迎。阿達馬應該是認爲再和兩人扯在一起，反而會失去一般學生的支持吧。在這一點上，城串就不用說了，橄欖球隊的長瀨、籃球隊裡人稱安東尼・柏金斯的田原，以及樂團的貝斯手阿福，都有廣大的支持者。而且，受歡迎的風雲人物總是過得很逍遙，所以對於清掃綜合運動場這類令人不快的工作都明顯抱持反感。

中庭開始熱鬧起來。傳來老師怒罵：「統統給我回教室！」的聲音。在三年級人數的三分之一左右，大約三百名學生當中，發現珍淑女的身影時，我立刻站起來。雙腿由於被迫跪坐而發麻，我還是站了起來，朝阿達馬他們走去。訓導主任說了些什麼，可是我並沒有回頭。

阿達馬上前握手相迎。好，集會啦集會啦，大家異口同聲喊著，浩浩蕩蕩走向中庭。

「劍，等一下。」

阿達馬抓著我耳語。

「接下來該怎麼辦？」

阿達馬並沒有考慮接著該如何處理。雖然他是個優秀的務實派，想像力卻似乎有限。

「該怎麼辦喔……難道你完全沒有個底嗎？」

「唔，我原本以爲只要把人聚集起來就好。」

「如果，我發表演說的話……」

「會成爲**英雄**哦。」

「笨蛋，八成會被退學吧，我看，我去校長室走一趟好了，你跟大家講，我試著去跟校長交涉。」

「然後怎麼辦？」

「嗯，就先等著，啊，還有，去把學生會長久浦找來。」

我單槍匹馬前往校長室。

「校長，我是矢崎，可以進去嗎？我是一個人來的。」

說是集會，但是大家只是因爲好玩才聚集起來的。一旦拖得太久就會覺得無趣而聽令於老師。必須在大家不耐煩之前得到結論才行。雖然我眞的很想在這種學校放火，可是如此激進的人一個也找不到。說什麼我也不願再受閉門思過的處分或是被退學。我對校長這麼說。

「請取消大會操的練習以及打掃，如此一來集會就會立刻解散，我會負起責任，要大家解散，如果不這麼做，我可不敢保證同學們會做出什麼事情，還有，這件事與我無關，大家是自動自發集合在一起的，並沒有人帶頭。」

「這個我會和其他老師商量，請你快回教室。」校長這麼說。

離開校長室之後，我抓住學生會長久浦，說道：

「太好啦，剛才校長表示要取消今天的大會操排練和打掃綜合運動場，趕快去告訴大家吧，你也希望集會能夠早一點解散吧？」

會出馬競選升學學校學生會長的傢伙，全都是些想要出風頭的笨蛋。久浦也不例外。這個偏僻海邊的果農子弟，只因爲想要有人緣而成爲學生會長的醜八怪久浦，輕易就上當了。沒辦法，因爲他一絲判斷力也沒有。

醜八怪依照我的說詞，用手持擴音機對中庭的學生轉達。同學們齊聲歡呼，紛紛表示集會眞是太棒了，並且陸續回到教室。

與天使的約會仍然告吹。雖然打掃綜合運動場的安排取消了，與其他學校一同排練的大會操卻照常舉行。

儘管如此，我們無疑仍然取得了勝利。我呢，自那之後就變得極少遭到老師責罵。就算是遲到或早退，都沒有人會講話。阿達馬也一樣。總之只要我們別把其他同學捲入，老師們就都當作沒看到，似乎已經決定要讓我們快點畢業。

不過，唯有班導松永例外。

「矢崎，我實在拿你這傢伙沒有辦法，不論什麼樣的社會生活，你大概都沒辦法適應吧，要怎麼活下去呢？我實在是不敢想。」

說完這些後，他又補上一句：

「不過，我也覺得你是那種怎麼打也死不了的傢伙。」

「岩矢山」，是我們這個嘉年華主辦單位的名稱。是我取岩瀨、矢崎，以及山田的第一個字組合而成。

嘉年華的名字也定下了。

Morning Erection Festival，晨間勃起祭。

天使珍淑女、妖姬安・瑪格麗特都爽快允諾要予以協助。

我們的，充滿幸福希望的日子，開始了。

魏斯．蒙哥馬利
Wes Montgomery

天使珍淑女和妖姬安・瑪格麗特擔任助理，協助拍攝電影、排練話劇，要外號克勞蒂亞・卡狄娜的純和長山美繪換上晨褸主持開幕典禮，並且向最喜歡眞空管的山手學園、光化女高，以及旭高的女學生吹噓：「這是佐世保有史以來第一個搖滾嘉年華。」來推銷門票，可是老師們都當作沒看到，而且我的桌上每天都堆滿了花束、布偶、巧克力、附上照片的履歷表，內容都寫些「如果不嫌棄這被眞空管傷過的身體，我願意把身、心都奉獻給你」的信件、現金、支票、存款簿等等……以上純屬虛構，可是我的臉上始終都充滿笑容。只不過，阿達馬是個天生悲觀的務實派，把我飄浮在空中的心固定在現實的大地上。

在純喫茶「道」，我、阿達馬，還有岩瀨喝著咖啡歐蕾，等待天使和妖姬過來。

「什麼嘛，這明明只是咖啡牛奶嘛。」

阿達馬無法接受咖啡歐蕾。我告訴他，**韓波**就是邊喝咖啡歐蕾邊寫下了〈在地獄的一季〉，無法領略這個味道的人就沒有資格談論藝術。

「韓波？胡扯，韓波明明是喝著苦艾酒寫詩的。」

「耶，你怎麼知道？」

「小林秀雄的書裡有說嘛。」

阿達馬的閱讀量與日俱增。因爲生性勤勉，一旦有了興趣就會腳踏實地去學習。以前的話，我可以輕易唬住他，可是現在越來越難了。前不久他才因爲看完卡繆的《瘟疫》、巴岱耶的《有罪者》（*Le coupable*），以及於斯曼的《歧途》（*A Rebours*）而興奮不已。我嘴裡雖然說「現在才看這些，已經跟不上流行啦」，內心卻感到焦慮。當然，不論是沙特的全集、普魯斯特的《追憶似水年華》、喬伊斯的《尤利西斯》、中央公論社的世界文學或東歐文學全集，或是河出書房的世界大思想與密教全集、《印度愛經》、《資本論》、《戰爭與和平》、《神曲》、《致死的疾病》、凱因斯全集、盧卡奇全集，還有谷崎全集，我都只知道書名而已。至於我最喜歡，甚至會在對白旁畫紅線的書，就是《小拳王》、《龍之路》、《無用之介》，以及**《天才傻瓜》**了。

不過這種焦慮並不會影響我現在的心情。因爲今天，與天使和妖姬討論過電影及話劇之後，還要去爵士喫茶店跟純和的長山美繪交涉演出事宜。有誰能夠從這樣的我臉上將微笑奪走呢？

「劍，場地的問題怎麼解決？」

阿達馬怎麼總是如此現實啊。難道這小子沒有夢或是幻想嗎？眞是個可憐的傢伙，我心裡想。可能是兒時的經驗不同吧。我是在陽光普照的柳橙園和青魚將魚優游的清溪，還有美軍將官及其家人跳著華爾滋的洋房這種環境下長大……以上純屬虛構，事實上只是有四棵夏蜜柑，有養了金魚的消防水池，還有美國大兵和妓女大聲對罵的房子，不過並沒有礦渣山。礦渣山，是絲毫沒有浪漫氣息、在振興經濟的道路上猛衝的戰後日本的象徵。礦渣山不會培育出夢想。

「場地喔，是需要一個場地。」

「廢話，別在那裡傻笑，光是喝著咖啡牛奶傻笑，辦得成嘉年華嗎？還是說，你打算借北高的體育館？」

「不可能借給我們的啦。」

「那還用說，我看會被退學吧。」

「哎呀，那的確是個問題。」

「從公民館到市民中心，全都需要申請許可才行。要以書面說明活動內容，還需要主辦人的印鑑，劍，你有印鑑嗎？」

「這樣啊，眞是傷腦筋。」

「門票呢？這又該怎麼辦？」
「大家分頭去賣啊。」
「笨蛋，我是說要去哪裡印啦。如果我們去找市內的印刷廠，人家一定會去通知學校吧。」
言之有理。礦渣山培育出來的，充滿現實感的說詞，抹去了我臉上的笑容。
「那麼，門票，用手寫怎麼樣？」
「手寫，寫一千張喔？」
「喔不，不行，不能用手寫。」
不能夠用手寫或是油印。那種東西只適合用在生日邀請卡或是養老院的表演會之類的活動。
「怎麼辦？嘉年華，不要辦了嗎？」
阿達馬這麼說之後看著我。一副樂不可支的模樣。
「印刷廠嘛，我哥在廣島大，可以找大學裡的印刷所幫我們印，怎麼樣？可不是鉛字印刷或膠版印刷，而是用更高級美麗的照相打字來印哩，因爲是大學的印刷所，價格大概也只要一半，至於場地呢，還記得基地大門口那個勞動會館吧，那裡啊，是供作勞動者集會等活動之用的場所，也沒有什麼規定或限制，只需要一個代表人的印鑑就可以借到了，而且觀眾席也不是固定的，如果別用椅子，要大家席地而坐的話，一千人或許是不太可能啦，可是據我估計，八百人應該不成問題，佐世保可沒有能夠容納一千人的場地，就算是市民中心，樓上樓下加起來大概也只有六百個位子吧。舞台縱深五公尺，就算擺上爵士鼓和擴大機都還有很大的空間對吧？照明燈左右各有六座喔，也有放映室，不過八釐米大概用不到放映室，不是有黑幕嗎？如果太亮的話影像會泛白，這時就有現成的黑幕啦，只要三分鐘，劍最喜歡的黑暗就來啦，啊，還有，代表人選呢，以前籃球隊有個愣頭愣腦的學長，我已經拜託過他，印章就去弄個便宜貨，只要借用他的名字和地址就好了，對吧？這個樣子我們這些主辦人都不必曝光了不是？怎麼樣？」

阿達馬看著記事本，一口氣說到這裡。

「**你眞是個天才**，咖啡歐蕾的確是咖啡牛奶，礦渣山是日本之光。」

我雙手合十向阿達馬一拜。「別光在這裡說傻話，明天之前快把門票設計好。」阿達馬冷靜地說。

「剛才聽你講了這麼多，可是，那齣劇裡只有兩個角色而已喔？」

天使珍淑女這麼問，一邊無聲啜著被視爲貴族飲品的奶茶。她坐在我旁邊。

安‧瑪格麗特坐在阿達馬身旁。好像硬是把岩瀨擠開似的緊挨著阿達馬。岩瀨只好移到隔壁桌去。天使的大腿不時會隔著裙子碰觸我的大腿。每次一碰觸，純喫茶「道」的沙發就變成了電椅。電流直衝腦門，頭髮倒豎，胸口苦悶，胯下發疼，口乾舌燥，手心直冒汗，完全沒注意岩瀨一臉落寞。

「沒錯，只有兩個人，弟弟，還有姊姊。」

阿達馬說著意味深長地笑了笑。像是在說已經看穿我企圖以兩人單獨排練來增進感情發展的居心，那樣的笑。

「這樣的話，我覺得由美可能比較適合……」

我正往嘴巴送的玻璃杯差點脫手。

「哎呀，還是讓松井演吧，這個我不行的啦。」

「由美，我們剛才不是在路上說好了嗎？矢崎同學，我跟你說，去年的話劇節，知道吧？由美雖然只是二年級，卻以飽希雅（譯注：莎翁戲劇《威尼斯商人》中的人物）這個角色，獲得評審委員獎喔。」

「啊，這樣說我很不好意思耶。」妖姬安‧瑪格麗特用手掩著嘴，身體往後仰。這姿勢使得她靠在了阿達馬身上，襯衫下豐滿柔軟的乳房搖晃著。

「喔，我也看過。記得《PTA新聞》上也刊登過，啊，劍哥，我們也去採訪過佐藤同學嘛。」

岩賴這番話，令我覺得快樂的電椅變成了溼溼的馬桶。我眞想對岩瀨大罵：「你給我閉嘴！」可是又怕這麼做會惹人厭，只好咬著杯口忍下來。阿達馬則低著頭笑個不停。

「因爲不可能使用社辦，就到我常去的教會排練吧。」大胸脯的基督徒鮑希雅興奮地說著，可是我只是陪著笑臉，心裡拚命考慮如何將性感姊姊的入浴情節加到劇本裡，並且考慮增加一個深愛著弟弟的女朋友的可能性。可是我隨即覺悟這是不可能的事情，無力地垂下了腦袋。因爲不到五分鐘之前，我還不斷強調登場人物只有兩人而且還是手足，這種劇本如何具有革命性、嶄新而且清新。

「請多指教。」鮑希雅說道。「是，也請多指教。」我小聲地回答。

佐世保橋曾是企業號抗爭的主戰場。橋的那一頭是佔地廣大的美軍基地。與橋相連的道路旁種植著懸鈴木，路上有一家叫做「四拍子」的爵士俱樂部。打從高一那年的夏天開始，我和岩瀨就愛上了這家基地旁的爵士俱樂部。店裡瀰漫著黑人的味道。我們都說那是藍調的味道。因爲那已經滲入了吧台、沙發、桌子，以及菸灰缸裡。有時晚間會有左肩有人魚刺青，水準直逼查特・貝克的海軍陸戰隊員吹奏小喇叭；大家還會在黑人憲兵過來巡邏之後隨著唱片齊唱St. James Infirmary；還會有渾身廉價香水味，頭髮染成金色、紅色或褐色的外國人酒吧吧女在店裡打架。即使我們只點一杯可樂就在那裡耗上五個小時也不會講什麼的老闆安達，經常因爲酗酒嗑藥而晃晃悠悠的，醉得厲害的時候一定會哭著悲嘆：

「媽的，爲啥我不是生爲黑人呢？」

我覺得這裡是與長山美繪相約碰面的最佳地點。我謊稱接下來是主辦人的內部會議，先把天使和妖姬打發回去。並不是非說謊不可，只因爲去和他校的美女見面會令我對珍淑女感到良心不安……這是瞎掰的，事實上是因爲阿達馬認爲一次面對三個美少女，我一定會失去冷靜胡扯八道。

「約了人啊？」

吧台裡的老闆安達過來招呼我們。

「看劍一副坐立難安的德行，八成是女人吧？」

阿達馬點點頭。

「安達哥，是純和的第一大美女呦。」

我這麼說，老闆卻只是興趣索然地哼哼一笑，因爲酗酒嗑藥而總是顯得黃濁的眼睛望向貼在牆上的查爾斯・明格斯海報。因爲安達對女人沒什麼興趣。曾聽他說，自己因爲酗酒嗑藥過度，已經翹不起來了。

「對了安達哥，問你一下，美女來的時候，放什麼音樂比較好？應該還是史坦．蓋茲或者賀比．曼這些個輕快一點的比較好吧？」

我問。安達點點頭。

「啊，正好有好東西，剛進了張魏斯．蒙哥馬利的新唱片，裡面加進了絃樂器，很有氣氛哩。」

「哇，這眞是太棒啦！」我非常高興，可是安達並非如此單純的善人。我那時才知道，會哭著悲嘆想要生爲黑人的怪胎是不能相信的。因爲當身穿紅緞襯衫和黑色緊身牛仔褲配銀色涼鞋，戴著十八K金耳環搽了粉紅色蔻丹，打扮極具挑戰性的長山美繪出現時，安達不懷好意地笑著，播放了約翰．柯川的《昇華》。梅利恩．布朗和約翰．奇凱那像是屠宰場豬叫的中音薩克斯風演奏，令長山美繪的細長眼角往上吊高到了極限。

回到純喫茶「道」，我開始遊說長山美繪參與演出，心裡還一面詛咒安達那種大惡棍最好因爲戒斷症發作倒落馬路被卡車輾斃。

「嘉年華是什麼？」

長山美繪的粉紅蔻丹手指夾著hi-lite DELUXE，塗成橘色的唇一癟把煙噴出。這時我才知道，竟然有女人的唇，具有不論韓波的詩、吉米罕醉克斯的吉他，或是高達的剪接技法都無法比擬的某種力量。要是能把這樣的唇據爲己有隨心所欲使用該有多好，我心裡想。要是她要求的話，所有的男人恐怕連煤炭都會吃下去吧，搞不好還會下定決心吃完一整座礦渣山給她看。我以吃完整座礦渣山的熱情，向她說明何謂嘉年華。

「我可沒有什麼演技喔。」

長山美繪嘎哩嘎哩嚼著杯子裡的冰塊。

「喔不，不需要什麼演技。」

我用標準語說道。

「其實，是想請長山同學當代表。」

「代表？」

「是的，剛才我也說過，這可是一個要號召上千名佐世保前衛高中生的慶典，不假老師之手，全靠我們自己來辦，雖然在東京、大阪，或是京都都很常見，可是一定沒有完全由高中生所主辦的，可能連紐約或是巴黎都不曾有過吧，就是這麼了不起的一件事。」

「巴黎？」

「沒錯，這種活動就連巴黎的高中生都辦不到呦。」

「我很喜歡巴黎。」

「所以呢，這麼了不起的嘉年華會，開幕典禮自然得邀請到佐世保最美的高中女生才行囉。」

聽到這番話，長山美繪訝異地看著我，好像連香菸的煙都忘了吐。

「說我喔？」

「沒錯。」

「最美的？」

「沒錯。」

「什麼人認定的？」

「是北高學生會所有成員一致認定的。」

長山美繪輪番看看我、阿達馬，以及岩瀨的臉，最後終於笑了出來，音量比當時純喫茶「道」播放的《未完成交響曲》還要大。長山美繪指著我說：「這個人分明就是個白癡嘛。」阿達馬也跟著笑，還連說了三次「沒錯，這傢伙是個白癡」。岩瀨也笑了出來。我雖然生氣，卻也只能無奈地跟著大家一起笑。

笑聲一直持續到《未完成》的第一樂章結束。

「你們這些人眞有趣啊。」

笑過之後，眼角還留著淚水的長山美繪這麼說。

「好吧，我也加入。」

雖然主角有所更動，但是有才華與美貌兼備的北高英語話劇社第一及第二女主角加入陣容，擁有大批軟派狂熱支持者的私立教會女高狐狸皇后又爽快允諾參與開幕典禮的演出，愣頭愣腦的重考學長也以兩張門票的廉價條件出面擔任承借場地勞動會館的保證人，至於門票則在廣島大學教養部內以照相打字和印刷機印製，效果完美。

我反覆看著那門票，眞是百看不厭。

日期：十一月二十三日（勤勞感謝日）

下午兩點至晚上九點

地點：佐世保勞工會館

主辦：岩矢山

搖滾樂、自主電影、話劇、競賽、詩歌朗讀、即興演出，出乎預料之外的，興奮與戰慄的……

「Morning Erection Festival，晨間勃起祭」

粗體字這麼寫著，還配有塗了口紅的女孩和即將爆發的火山被勃起的陽具包圍的插圖。每張二百圓的門票，已經開始透過前北高全共鬥「跋折羅團」及新聞社、英語話劇社、絕大部分的體育社團、城串裕二的不良幫派、搖滾樂團，以及學長們，流向了包括北高在內的所有高中。「岩矢山」每天都有現金進帳。令人有種位居世界中心的感覺。

只不過，就如同洛克菲勒和卡內基受到窮人憎惡那樣，我變成其他各校老大鎖定的目標。

齊柏林飛船

Led Zeppelin

走在外國人酒吧街上總是令人興奮。我很清楚，那對人類而言是不可或缺的場所。「黑玫瑰」，位在一個因爲入夜後便有同性戀出沒而聞名的公園對面。門口掛著雙層黑色天鵝絨，在店內營造出夜晚的氣氛，下午稍早的時間就開始做生意。有時上午就會傳出嬌嗔。因爲水兵們可能會突然上岸。

我領著阿達馬，從後門進入「黑玫瑰」。上身赤裸的店長和蝴蝶結垂在脖子下的服務生正在賭骰子。

「不好意思，我們是樂團的人。」

說著，我們走過休息室。

「你們是北高的吧？」

店長抬起頭來問。他的肩頭有櫻花刺青。單色的刺青。

「是的，沒錯。」

我回答。阿達馬進來店裡之後就一直皺著眉頭。他不習慣這種氣氛。

「篠山老師還在嗎？」

篠山是個曾在戰時待過憲兵隊的體育老師。年過半百的現在多少比較溫和了，可是據說以前曾用木劍打破學生的腦袋。常聽老爸說，戰爭剛結束時由於時局混亂再加上男人不夠，許多莫名其妙的人都成了教育工作者。篠山也屬於這種類型。

見我點點頭，店長說：「喲，還健在啊，那幫我問候他一聲。」然後又顧著大碗擲他的骰子。「哼，沒骨氣。」我對著那單色刺青喃喃自語，心裡想著：「去刺青卻不上色的傢伙最差勁了。」他一定和篠山有什麼過節。搞不好曾經被木劍打破腦袋。每次看到店長這種人，我都會覺得難怪日本會戰敗，而且清楚知道他們的品行卑劣。

根本沒有自尊嘛。

來到外場之後，阿達馬的臉更是揪成了一團。店裡瀰漫著美國的味道，這令阿達馬覺得很討厭。說是美國的味道，其實美國並沒有這種味道。不過，基地城市的，外國人包養的妓女家裡、混血兒的髮間，或是基地的福利社裡，都聞得到。那是脂肪的味道。我並不覺得討厭。因爲感覺像是充滿了營養。

「腔棘魚」在缺了鼓手的情況下演奏著史班瑟．大衛斯的Gimme Some Lovin'。貝斯手阿福擔任主唱，吉他手健次和電風琴手白井模仿偶像麥克．布倫菲爾德（Michael Bloomfield）和艾爾・庫柏（Al Kooper），閉起眼睛甩著頭髮，吐著舌頭演奏。白井只會三個和絃而已。在那個年頭，就算只會三個和絃都可以成爲搖滾樂手。

我被叫上舞台，阿達馬仍然皺著眉頭，坐在吧台前，旁邊有幾個只穿著一件襯裙的吧女正在吃拉麵。

阿福用下巴一比，要我打鼓。阿福演唱的歌詞亂七八糟。一忘詞，就不斷重複Don't you know, Don't you know, Don't you know。因爲在這個年代，只要會喊Don't you know，任何人都可以當搖滾歌手。

店裡只有一個客人。一個未滿二十歲的水兵，如果帶了條牧羊犬並且呼喚一聲「萊西！」的話，可能就會被當成小提米吧。他一面拿著啤酒瓶猛灌，一面拚命想把手伸進吧女的旗袍裡。「Fruits, OK? Fruits, OK?」看起來好像年近花甲的吧女這麼問，搞不清楚狀況的小提米還愉快地點頭說Sure。終於，老戲碼上演了。罐裝鳳梨、橘子，以及水蜜桃配上反覆使用的西洋芹裝在鋁盤裡，所謂的水果送了過來，小提米看到價格大吃一驚，敲破了啤酒瓶，店長火速召來憲兵，於是可憐的小提米的全身被搜刮一空，然後被帶上吉普車送回基地。

即使鬧成這樣，「腔棘魚」仍然繼續喊著Don't you know, Don't you

know。

「講好了嗎？」

我問阿福。明明一個客人也沒有，他仍然對著麥克風直說Thank you, Thank you。因爲我們打算向這家店借擴大機和麥克風供「晨間勃起祭」之用。所以「腔棘魚」才會破例接受拉麵和鍋貼這種酬勞，在「黑玫瑰」表演一整個下午。

「還沒跟店長說。」

阿福搖搖頭。

吧女們正在調戲坐在吧台的阿達馬。

「你是北高學生吧？」

「眞是個帥哥。」

「來點啤酒吧，我請客。」

「有女朋友了吧？」

「一定有吧，人家那麼帥。」

「至少打啵過了吧？」

「一定要戴套子，不然會搞出小孩喔。」

「肚子餓嗎？」

「我的拉麵分你一半。」

「還是要來份關東煮？」

對來自各個鄉鎮，染了頭髮，渾身沾染美國味道迎向花甲或米壽的她們來說，阿達馬一定看起來頭上有光環吧。如果阿達馬創辦一個新興宗教的話，她們鐵定會全部成爲信徒。可是在礦渣山旁的溪流抓魚將魚長大的阿達馬，並沒有辦法理解在暗地裡支撐戰後日本經濟的吧女們淒美的人生。滿是皺紋的手擱在大腿上就讓他起雞皮疙瘩了。

「請問，能不能幫個忙去跟店長說一聲，十一月二十三日的勤勞感謝日那天把擴大機借給我們？」

我向三名吧女這麼拜託。

「這位山田君，人稱北高的亞蘭・德倫，如果能幫忙拜託店長的話，把他借給妳們兩、三天都沒問題。」

聽我這麼說，阿達馬眞的生氣了。

「和亞蘭・德倫比起來，我覺得更像賈利・古柏。」

「借給我們，是什麼意思？」

「可以跟他約會嗎？」

「我想把他介紹給我的女兒，如果有這麼一個北高帥哥，她應該會離開那個黑人大兵吧，都墮過五次胎了，我實在擔心她的身體。」

阿達馬衝出了「黑玫瑰」，我丟下一句：「阿福，擴大機就交給你啦。」立刻隨後追了出去。

「實在不能相信你，你是個只顧自己的自我主義者，竟然說要把我借給那些阿婆？要是你再這樣胡說八道，我眞的會翻臉。」

雖然我連說了十三次對不起，阿達馬還是沒有原諒我。

「別生氣啦，不就是開個玩笑嘛。」

「不，那才不是開什麼玩笑，我很清楚，爲了自己的目的，你什麼事情都做得出來。」

「可是阿達馬，搞不好就是因爲有我這種人，人類才會進化的哩。」

「少在那裡打馬虎眼了。」

是的。阿達馬已經把我摸透，所以越來越不容易唬弄他了。

「我說啊，那些吧女，是爲了度過戰後的混亂才會賣身的，是爲了我們，換句話說，是爲了二十一世紀，才會如此犧牲的，不是嗎？」

「根本是兩碼子事吧？」

正是如此。

一點關係也沒有。

「今天，岩瀨同學去過我們班上，要我把這封信轉交給矢崎同學和山田同學。」

在聖母瑪麗亞面露慈祥笑容的教會裡，比聖母瑪麗亞更美的松井和子這麼說。這裡是妖姬安・瑪格麗特佐藤由美推薦的話劇排練場地。聽說，安・瑪格麗特每個星期天都會來到這個位於車站旁的台地上，佐世保風景明信片上必定會出現的教會做禮拜。好像從小就一直如此。或許那異常豐滿的胸脯就是因爲祈禱而來的。安・瑪格麗特的胸脯，與安・瑪格麗特本人相比也毫不遜色。非常壯觀。有個家裡經營畜牧業的同學名叫岩山，曾經在身體檢查的時候偷窺成功，據他說佐藤的胸脯比他家的牛還要大，可是我並不相信就是了。或許她從小就每個禮拜天都這樣禱告：「神啊，請讓我的胸部變大吧。」

儘管教會裡的氣氛嚴肅，但是牧師三郎先生很喜歡戲劇，話劇的排練還算順利。可是我覺得有些無趣。因爲畢業於同志社大學神學院，聽說還待過半年《文學座劇團》的三郎牧師會對我們的表演表示意見。

——弟弟，我們必須前往拒絕的那一方才行

弟弟，你弄錯了

拒絕是有其意義的

意義並不在於拒絕的內容喲

這一點，我非常清楚

將那個孩子拋棄在積雪路上時

我就已經明白

重要的是賭上性命的拒絕

唯有賭上性命的拒絕

才會產生賭上性命這種說法喲

安・瑪格麗特伸開雙手拉開嗓門表演，一副莎劇演員的模樣。我覺得誇張又不自然，三郎牧師卻讚譽有加。他甚至對劇本也有意見，覺得「將孩子拋棄在積雪路上」的台詞太不道德了。

「我說，這有什麼含意嗎？衝擊太強烈了，不覺得換個表現方式比較好嗎？」

雖然是牧師，卻是個呆子，我心裡想。怎麼可能有什麼含意嘛，這不過是從各種小說、戲曲之中挑選合適的句子組合起來的罷了。

可是一看到珍淑女，我立刻火氣全消。坐在平常都是虔誠的基督徒垂首向神的椅子上，她一臉認眞地交互看著在祭壇旁排練的我和安．瑪格麗特。手肘擱在聖經架上，托著腮，夕陽透過彩繪玻璃照射在她的側面，宛如一幅印象派的畫作。光是看著就覺得很幸福。就和小學時買了最新一期的《少年MAGAZINE》，在太陽下邊舔冰棒邊看裡面的《魔球投手》連載時所感覺到的幸福一樣。

我心裡邊嫌三郎礙事邊瞥了阿達馬一眼，發現他正在看岩瀨的信。一臉愁容。

——劍哥，阿達馬，我打算退出岩矢山，對不起。三個人一起準備「晨間勃起祭」令我非常快樂，每天也都覺得很有勁，可是，我想要做一些自己的事情。只要和劍哥在一起，我就沒辦法去做自己的事情。劍哥只要和阿達馬搭檔，我覺得無論多麼了不起的事情都可以辦到。而我，打算去做自己想做的事情，即使那只是件小事也好。

——岩瀨的信上是這麼寫的。

岩瀨的家，位於賓館林立的佐世保川上游沿岸。是一家從線、鈕釦、文具、福助襪子，到化妝品都有的百貨行。

從店外望進去，一個像是岩瀨媽媽的婦人，正在用撣子清理貨架。一副悠閒的景致。無論從哪個角度看去，都只是家普通的商店。文化這東西眞是可怕，我心裡邊這麼想，邊繞到後門。

「嘿，阿達馬，你不覺得文化這東西有點可怕嗎？」

「怎麼說？」

「好比岩瀨，如果不是外國文化這麼傳進來，他就會在不知道齊柏林飛船、魏爾倫，或是番茄汁的情況下當個雜貨店老闆終老一生，怎麼樣，不覺得很殘酷嗎？」

「這麼說的話，我們兩個不也一樣，劍也是普通教員的孩子不是？」

「胡扯，我可是**藝術家的兒子**哩，哪像你，是煤……」

我本來想說煤礦區出身的，趕緊住口。因爲阿達馬尚未從吧女事件中恢復。

有個小小的後院，院裡開著波斯菊，還曬有衣物。淨是些女內褲、短褲、襯裙，男性衣物極少。因爲岩瀨有四個姊姊。

波斯菊隨風搖曳，岩瀨的房間傳出吉他聲和歌聲。

水窪裡映著
蔚藍的天空
萬里無雲
妳和我
季節總是在冬天……

唱歌的人正是岩瀨。

「呦，那是在幹嘛？念經嗎？難道岩瀨已經加入創價學會啦？」

「少在那裡胡扯八道。」阿達馬又生氣了。「我們可是爲了三個人一起搞祭典才來勸岩瀨別退出的……」煤礦鎮出身的人或許是因爲接到過太多災害的噩耗，就是有認眞過頭這個缺點。

阿達馬輕輕敲敲窗玻璃。岩瀨難爲情地笑了笑，探出頭來。

「我還是會幫忙的。」

岩瀨竟然意外地開朗。我會參與電影拍攝、會負責賣票，也會幫忙整理會場，可是不要掛名當主辦人，他這麼說。

「還有，這件事，劍哥和阿達馬都沒有責任啦。」

可是岩瀨的信已經傷了阿達馬的心。他懷疑是否因爲自己的加入使得我和岩瀨的友情破裂。教會的親密甜美時光結束後，我們前往純喫茶「道」，並在那裡決定到岩瀨家去說服他參加岩矢山。

「可是岩瀨，這樣不是很奇怪，你不是要參與電影的拍攝？而且你對劍或是我也沒有什麼不滿，那說要退出是怎麼回事？我實在搞不懂。」

阿達馬以煤礦鎮出身者的沉著語氣這麼說。

「阿達馬，你誤會了，我只是突然覺得**很討厭自己**而已。」

我和阿達馬面面相覷。討厭自己，這對十七歲的少年而言，是除了向高中女生求愛的時候之外，絕對不會說出口的台詞。任誰都會有這種念頭。凡是既無經濟能力又沒有結婚對象的地方都市無名十七歲小子，個個都會擁有相同的想法。因爲正面臨篩選，看看是否要成爲家畜的重要關頭，這也是理所當然的。一旦說了不該說的話，往後的人生確實會越來越黑暗。

「只要和劍哥或阿達馬在一起，我就覺得好像連自己的腦袋都變聰明了，這種感覺的確很棒，可是不論要做什麼事情都和我沒有關係吧？我不太會說，但是事情順利到連我都覺得自己很了不起，這反而令我越來越覺得悲慘，實在，很不好受。」

我明白了，我說。岩瀨所說的都沒有錯，我也都能夠理解，可是聽到有道理而且能夠理解的事情，我們未必就能夠爲對方加油打氣。我不想再聽下去了。

「對了，劍哥，我聽一個高工的朋友說，你不是要找長山美繪負責開幕典禮的演出嗎？可是呢，高工的老大很迷戀長山，已經放話要修理劍哥了，聽說每天都到處在找你喔，還是別找長山美繪了吧？」

臨別之際，岩瀨告訴我這件事。據說高工的老大是劍道社的主將。

我和阿達馬走在河邊的路上，幾乎都沒有交談。岩瀨非常消沉。消沉的人是靠吸取別人的活力來過日子的，很難應付。開玩笑也行不通。

「阿達馬，別放在心上啦。」

我對垂著頭的阿達馬這麼說。

「我想到了，阿達馬，你不是曾說過這個背包很不錯嗎？」

我比比上面寫著「KEN・劍介」幾個大字的橘色單肩背包。

「嘿，要不要來交換背包？」

「少來了。」阿達馬看著我。因爲阿達馬已經識破，我打算要他用我的背包，好讓高工老大認錯所要修理的目標。

來到純喫茶「道」時。

六名手持木刀的高中生，轉眼之間圍住了我和阿達馬。

到了四月，她將會

April Comes She Will

六個手持木刀的男生圍住了我和阿達馬。跟破抹布差不多的皺巴巴帽子上有**高工的校徽**。木刀黑得發亮，看起來就很堅硬。阿達馬已經臉色發白。

「喂，你是北高的矢崎嗎？」

一個看起來傻呼呼，滿臉青春痘的大個子這麼問。我雙腿發抖，深怕木刀會在點頭的那一瞬間飛過來。爲了止住雙腿的抖動，我悄悄用鼻子深呼吸。要是我露出怯意，就會助長對方的氣勢，想要反擊就更加困難了。

儘管是在礦工這種日本少數的粗野人種之中長大，阿達馬似乎也不怎麼強悍。我們如今已經是售票節目的主辦人了，怎麼沒有找幾個會打架的傢伙當跟班呢，可是後悔也已經太遲。

我在念高中以前還偶爾會打架，可是那純粹只是小孩子的互毆。木刀、鐵鍊，或是刀子，都只在《少年MAGAZINE》裡面才有。

「你是矢崎嗎？」

青春痘用更可怕的聲音又問了一次。

「正是，哎呀，幾位是高工的朋友吧？眞巧，我也正在等你們，我們也有些話想跟各位說，就去那家喫茶店聊聊吧。」

我用會令路人回頭的音量大聲這麼說，並且跨步朝純喫茶「道」走去。青春痘一手搭上我的肩，止住了我。

「慢著！」

他好像很不屑地斜眼看我。下巴一抬，眉梢微微下垂，模仿過去流行一時的日活動作片男主角。因爲地方都市還可以看到那種電影。

「不是有話要說嗎？」

雖然雙腿還在發抖，我仍然以「我才不怕你咧」的口氣回應。而且還很有分寸。曾經聽老爸說過一個故事。「若是被黑道圍住，首先要能夠謹愼而且不失尊嚴地面對他們。」老爸如是說。「以前，在我二十幾歲的時候，曾經因爲用球棒揍了身爲當地角頭的PTA會長，結果被角頭的手下亮出匕首圍住。哎，要是被匕首刺中可是會死人的，劍寶又還小，孤兒寡母的生活將會陷入困境，一想到這些，我覺得就先道歉好了。不過，要是太過低聲下氣，對方一定會樂得揍毆我一頓吧，所以除了道歉之外，我還擺出架子這麼說：『老大的兒子要是落在我當導師的班上，恐怕一輩子就完蛋啦。』可能是運氣好吧，我最後全身而退……」

我們來到純喫茶「道」昏暗的店內，走到最裡面的桌子。木刀和立領學生服與當時店內播放的西貝流士《芬蘭頌》完全不搭調。

青春痘一夥人佔領了兩張四人桌，把靠牆坐在最裡面的我和阿達馬堵住。木刀全都立著靠牆放在一起。

至少目前腦袋開花的危機解除了。

「各位，都來杯咖啡可以吧？」

我說著打量青春痘一夥人。雖然不多，但是角力關係已經有所改變。看那因為汗水而變得油光亮的破爛學生服就知道，青春痘一夥是那種老式的硬派不良少年。不會上電動玩具店或泡喫茶店，也沒有錢。

所以，他們一直顯得不自在，無法冷靜下來。我向一個面熟的女服務生點了八杯皇家咖啡。

「嗯，我想，這其中可能有一些誤會，關於長山同學的事，其實我們原本就覺得一定得先跟高工的老大哥說一聲才行。」

聽我這麼說，青春痘一夥面面相覷。

「長山的事情，你們有啥要說？」

青春痘大個子就坐在我的對面。

「是這樣的，因爲我們打算邀請長山同學參加嘉年華演出，這件事情，好像應該先跟高工的朋友打聲招呼。」

「小子，你少在那裡囂張了，我們在店裡是不會怎樣啦，出去你就看著好了，至少要你斷一隻手，覺悟吧。」

腿又開始發抖了。青春痘的硬派口吻，聽起來會說到做到。

「你們好像有在賣票喔。」

他指的是晨間勃起祭的門票。

「是的。」

「高中生就做這種事，你們覺得應該嗎？」

「我們並沒有趁機撈一票的意思，只是租借場地啦、租用擴大機還有放映機之類的，各方面都需要錢嘛。」

皇家咖啡送來了。浸過白蘭地的方糖在湯匙裡冒著藍白色的火焰。青春痘一夥八成都沒見過這種飲料，好像第一次看到大象的江戶民眾一樣張大了嘴。無奈的是，連阿達馬也露出相同的表情。煤礦鎮出身的人果然不適合搞這種裝腔作勢的把戲。若是我們兩個不能一起悠哉地啜飲皇家咖啡就毫無意義了。

「喔，我來介紹一下，這叫做皇家咖啡，看到上面還冒著火了吧？要先大口舔一下這個火，然後再一口氣喝掉下面的咖啡喔。」

我開了個玩笑，可是青春痘一夥之中看起來最傻的傢伙，眞的舔了湯匙裡的火焰。他嚷著好燙，甩了湯匙拿起水往嘴裡灌。

「你竟然敢要我們？」

青春痘大個子一把抄起木刀。皇家咖啡戰術完全失敗，甚至還得到反效果。

「你是不是買了件**晨褸**給長山？有什麼企圖？」

由於門票收入已經有八萬左右的進帳，我便買了一件要價高達七千兩百圓的純白晨褸，作爲長山美繪的舞台裝兼珍淑女在電影中的服裝之用。前幾天我拿給長山美繪看，她說：「哇，好漂亮喔，眞想穿著睡覺試試，借我兩、三天吧。」然後就拿走了。

「啊，那純粹只是舞台裝啦。」

「少來，明明就是透明的！」

「耶，你看過啦？可別一氣之下扯破了啊，那件晨褸可是價值七千兩百圓哩。」

話一出口我就發覺**完蛋了**，可是爲時已晚。阿達馬看著我，一臉在罵「你這個白癡」的表情。青春痘大個子原本的瞇瞇眼突然瞪得老大，氣到令我擔心是否立刻就會站起來拿木刀砍人。

「喔不，那，那件晨褸啊，並不是要裸體來穿的，而是要請她穿好純和的制服，然後外面再套上晨褸，換句話，那是可以同時表現純眞的少女的，處女心，還有，對性愛的憧憬，可以說是一件這樣的服裝吧。」

阿達馬搖搖頭，似乎表示已經沒救了。從心疼那件七千兩百圓的晨褸恐有被撕毀之虞，到惹得對方震怒，我已經失去了冷靜。

青春痘一夥人站了起來。

「好好享受那杯咖啡吧，免得到時候要滿地找牙什麼也喝不了，仔細品嚐啊，我們在外面等，早點覺悟就早點出來嘿。」

青春痘一夥撂下狠話離開後，我們臉色鐵青不發一語，哪還有什麼心情喝咖啡。女服務生過來問是否要報警，我差點脫口而出說就這麼辦，可是讓警察和學校知道了，晨間勃起祭可就前功盡棄，只得急忙改口要她別那麼做。

我們該打電話找什麼人來支援才好？堵在外頭的青春痘一夥已經增加到十幾個了。在阿達馬的提議下，我撥電話給城串裕二。

「劍仔喔，門票的銷路不賴喔，不過我聽說，旭高、南高還有商職那些傢伙都在找你，好像要給你一點顏色瞧瞧。」

「現在人就在外面。」

「有多少人？」

「原本只有六個，可是現在大概已經有十五、六個了吧。」

「都是劍道社的嗎？」

「全都拿著木刀。」

「劍仔，高工的劍道社可是在高等學校運動大會上拿過全國第六喔，那個老大在二年級的時候還得到過九州大賽的冠軍哩。」

「所以呢？」

「就算我帶十幾二十個人過去也無濟於事啊。」

「即使如此，我也不可能叫警察來吧。」

「身上有沒有錢？」

「錢？」

「身上有沒有個兩萬？」

「是有些門票收入。」

「我找個認識的角頭說一下，你們在那裡等著，我很快就會電話聯絡。」

「啊，城串，慢著。」

「怎麼啦？」

「能不能盡量幫忙講個價？」

「要是腦袋被打破，我看連書都念不成了。鳥蛋被捏爆，老二也翹不起來啦。」

城串裕二來電通知事情辦妥，而且過來的角頭，以前竟然是老爸的學生。有一半黑人血統的那個角頭，領著青春痘一夥人進來。喝過象徵和解的蘇打水，青春痘一臉混雜著憎惡以及「怎麼會認識這種傢伙」的驚訝，撤退了。

用**缺了小指的右手**確實拿下兩萬圓之後，「你老爸好嗎？」角頭問道。

「雖然我以前常挨揍，不過他是個好老師，有一次我畫了張教堂的圖，還被他讚美哩。老師是不是很喜歡打小鋼珠？」

「嗳，好像常去打。」

「你回去轉告，請他下次到京町的中央會館來吧。去那裡，我可以讓他全部打到破台。」

以後應該不會再有這種事情發生了，不過，有事情的話還是可以隨時找我啊，角頭說完，甩著黑西裝，踢著夾腳屐離開了。

電影「給洋娃娃與高中男生的練習曲」開鏡了。是一部八釐米、標準螢幕的半彩超級製作。

開鏡當天，我們拍了岩瀨臉部下半的特寫，以及珍淑女穿著晨褸在走廊漫步的剪影。沒有劇情。要以超現實的手法來表現一個只能對喝奶娃娃感覺到愛的高中男生的日常生活。

岩瀨所飾演的無能高中生，在祖父的墓前撿到一個裸身的喝奶娃娃。因此產生了愛。那個娃娃，讓高中生做了一個夢。那個夢的部分，由天使珍淑女出場。

從增垣那裡借來的Bell & Howell喀啦喀啦喀啦喀啦運轉著，令人心情愉快。雖然第一捲和第二捲因爲弄錯了曝光度什麼也沒拍成，可是拍攝電影卻是樂事一件。

珍淑女騎著白馬在高原上登場的那一幕，由於又發生了付給角頭兩萬的狀況，只好放棄白馬。阿達馬推薦白色秋田犬，可是這一件事我無論如何都不同意。

最後採用的是，養在阿達馬家附近的，白色山羊。於是全員搭乘公車走訪煤礦鎮，去出外景。

「我做了便當帶來喔。」

說著，天使拿出散發著煎蛋捲香味的餐盒給我們看。我心裡想著如果能夠兩人獨處享用該有多好，一邊在有個長相難看的車掌的公車上玩起「猩猩的鼻屎」。那是個無聊的遊戲，當被問到「你叫什麼名字？」「你最喜歡什麼？」「你住在哪裡？」「你的嗜好是什麼？」諸如此類的問題時，一律必須用**「猩猩的鼻屎」**來回答，笑的人就輸了。才第一個問題，珍淑女和安．瑪格麗特笑得東倒西歪直不起身子，而冷靜的阿達馬是常勝軍。阿達馬一臉「這種事情哪裡好笑啦」的神情，一再重複「猩猩的鼻屎」這句話。

穿過市區，公車沿著河邊行駛，然後轉進山路。珍淑女的頭髮在秋日陽光下閃閃動人，安．瑪格麗特那被襯衣裹住的胸脯搖晃著，似乎很柔軟。那個看起來腦袋也不好的醜車掌，用怨毒的眼神，看著開心笑鬧著的我們。那視線真是令人愉快。覺得我們好像是以前在電影上看過的美國或是歐洲的高中生一樣。

芒草隨風搖動，旁邊有河水緩緩流過的一片草原，山羊就在這裡。我把攝影機架在小丘上，原本打算拍攝穿著晨褸的珍淑女在山羊的引領下在草原上漫步的鏡頭，可是山羊卻屁股對著攝影機**噗啦噗啦**屙起屎來，接著又突然衝出去，害珍淑女跌了一跤。最後甚至發生掙脫繩索逃跑，阿達馬狂奔五百公尺去把牠追回來的狀況。

我們在河邊享用珍淑女做的便當。有飯糰、煎蛋捲、炸雞、花椰菜、泡菜，甚至還準備了梨子。

在婉轉的鳥鳴聲中，岩瀨彈吉他，我們唱了賽門與葛芬柯的〈到了四月，她將會〉。

距離晨間勃起祭只剩一個禮拜的那天，我終於抓到與珍淑女獨處的機會。「腔棘魚」要我負責製作演奏時播放的幻燈片，於是找了珍淑女來當模特兒。

我們約在「道」碰頭，喝了哀愁的奶茶之後，朝美軍基地出發。雖然無法進入基地裡面，可是附近有許多美麗的建築物，非常適合作爲襯托珍淑女的背景。有如聖堂的奶油色電影院、牆上爬滿常春藤的將官宿舍、米老鼠鐘塔、尖塔分別漆成粉紅色和藍色的教堂、草皮經過仔細整理的棒球場、有牧羊犬散步的石板路、枯葉飛舞的懸鈴木行道樹、整排的磚造倉庫……

「噯，電影，完成了嗎？」

邊用纖細的手指將頭髮往上撩，珍淑女邊對著鏡頭露出微笑。

「嗯，只剩下剪接了。」

「我，會不會不上相？」

「不會，拍起來很美。」

「那個山羊的鏡頭也會剪進去嗎？」

「山羊部分不行，感覺完全不對。」

冬天我們去海邊玩吧，珍淑女這麼說。

「冬天？那不是很冷嗎？」

「嗯，可是，我還沒有看過冬天的大海。」

我想像著在冷風中相擁的畫面，心裡小鹿亂撞。時間在不知不覺間流逝，一留神，空氣已然染上了黃昏時分的**淡紫色**。

「我呀，最喜歡這個時候了。」

踩著支線的鐵軌，珍淑女雙手背在後面，這麼說。我不想踩到她的影子，小心翼翼走著。

「很快就會結束了對吧？很快就入夜了對吧？可是，真的很美，噯，我的心情是不是也會這樣呢？會不會很快就有了改變呢？」

「心情？」

「啊，矢崎同學，你真壞，人家送你玫瑰花的時候明明就說過了。」

我停下腳步，舉起照相機，說了「愛」後摁下快門，然後說了「妳」又摁下快門。似乎很害羞，珍淑女露出微笑，可是那完美的微笑消失在夕陽裡，並沒有拍到底片上。

非法利益
Velvet Underground

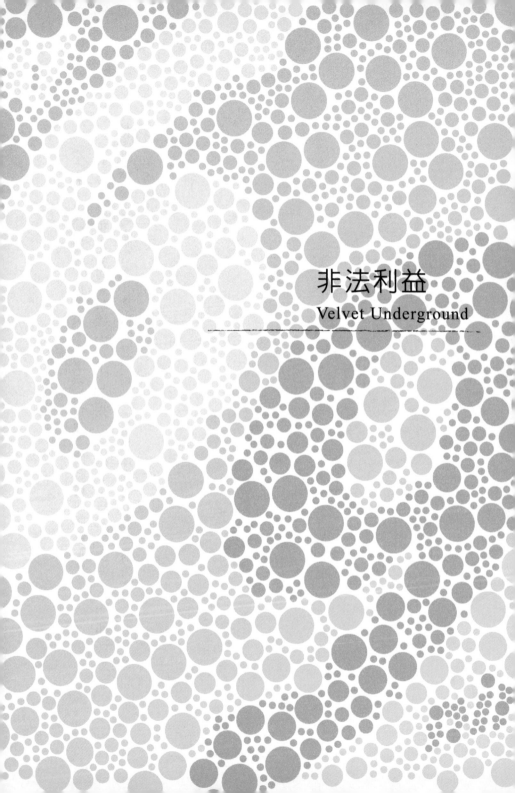

「要準備雞？」

阿達馬大聲嚷嚷。這是「Morning Erection Festival，晨間勃起祭」四天之前午休時的事情。

一切已經大致準備就緒。話劇「拒絕與反抗的另一邊」只待正式搬上舞台，只不過在三郎牧師的不當干涉下，安．瑪格麗特．由美．佐藤展現了滿臉淚水的新式演技，與我原本的想法大有出入就是了。

電影也已經完成剪接，幻燈機、樂器、擴大機和喇叭，一切都已經打點妥當。

「要準備雞？」

阿達馬又問了一遍。

「沒錯，理想狀況是要二十隻，不過有個八隻也可以，怎麼樣，知道哪裡可以買到雞嗎？」

我打算在會場裡放雞。

「雞肉的話，就找肉販買嘛，可是，八隻吃得完嗎？」

阿達馬誤以爲嘉年華結束後的派對要吃雞肉了。

不是不是，我說。

「要活的雞。」

「你打算用活雞來幹嘛？難道你想要斬雞頭，當場表演喝血嗎？」

我拿了張照片給阿達馬看。那是《美術手帖》中的一頁，《非法利益》（Velvet Underground）在紐約舉行演唱會的場景，會場裡有牛、豬、關在玻璃櫃裡的一大堆老鼠、整籠的鸚鵡、被鍊著的黑猩猩，甚至還有關在籠子裡的老虎。

「很正點吧？」

我指著照片這麼說。

「如果有老虎、鸚鵡，或是黑猩猩的話的確很正點，用雞的話，不就變成養雞場了嗎？」

「你錯了。」

也不知道爲什麼，想要訴諸邏輯的時候我必定會變成一口標準語。

「重要的是，要繼承那種精神嘛，**路．瑞德**，爲了要表現世界的混沌，才會在演唱會中使用飛禽走獸，我們至少應該學習那種精神才對吧？」
阿達馬對於我這種現買現賣的行爲早就習以爲常，只是哼哼一笑。
「用雞？表現世界的混沌？」
可是阿達馬很體貼，跟我說會打電話給礦渣山旁一家熟識的養雞場問問看。阿達馬是忠實的。並非對我忠實。阿達馬相信。並不是相信我。阿達馬相信一九六〇年代末充滿了某種東西，而且對那東西忠實。可是很難說明那是什麼。那種東西令我們自由。讓我們掙脫單一價值觀的束縛獲得自由。

那天傍晚，我們前往養雞場。
養雞場位於礦渣山旁，一處芋頭田的中央。雞糞的臭味瀰漫，數百隻雞的叫聲合而爲一，在遠處聽來有如收音機的雜音。
「要用來幹嘛的？」
一個看起來就是個養雞業者，前額禿掉的小個子中年人問我們。
「演戲要用的。」
我回答。
「演戲？是養雞戶的故事嗎？」

在雞舍裡走動的中年人這麼問，一臉遇到怪人的表情。

「哦不，是莎士比亞的戲劇，舞台上無論如何都不能缺少雞。」

中年人並不知道莎士比亞是何許人。雞舍最裡面的角落，有二十隻左右無精打采的雞，垂著腦袋蹲在那裡。中年人熟練地抓住那些雞的腳塞進飼料袋中，每袋兩隻。雞隻拍了兩、三下翅膀反抗，但隨即無力地放棄了。

「這些雞可真溫馴啊。」

阿達馬這麼說。

「生病啦。」

中年人說。

「生病？」

「沒錯，所以無精打采的。」

「請問，那不是會傳染給人的病吧？」

聽我這麼問，中年人笑了。

「不必擔這個心，演完戲之後要殺來吃也不會有問題，說是生病，該怎麼說呢，以人類來說大概是神經衰弱吧。」

有些雞會突然不吃飼料，不過數量不多就是了，中年人這麼說。

西斜陽光下的公車站，我和阿達馬的影子長長地延伸到馬路上。放在兩邊的四只飼料袋，不時發出雞隻掙扎的沙沙聲響。

「阿達馬，都是你說要盡量便宜，才會買到這些病懨懨的雞。」

受這些精神衰弱的雞影響，我們也變得無精打采。和沒有活力的動物在一起，不論那是雞、是狗，或是豬，都會讓人跟著意志消沉。

「這是什麼話啊，說要盡量節省的可是你喔，因爲你答應松井嘉年華結束之後要請她去吃**牛排**的。」

「耶，這是聽誰說的？」

「佐藤。」

「對對，我本來就計畫也要找你和佐藤一起去啊。」

「少來，你明明就打算只和松井兩個人去吃牛排。」

「啊，那是誤會。」

「不要再狡辯了，要去大家一起去。」

「大家一起去喔，可是牛排很貴的。」

「去月金飯店不就得了，我已經預約了。」

月金飯店是一家大眾中華餐館，特製的肉包子相當出名。這下子美夢破滅。因爲我原本還夢想與心愛的戀人一同享用牛排與美酒。「嘉年華結束之後，我們就上佐世保最豪華的餐廳吃牛排吧。」拍攝照片的那個美麗黃昏，我這麼跟天使說。天使面露微笑低下頭去，我以爲那就表示答應了，沒想到她竟然去跟安・瑪格麗特講，**太過分啦。**

「你這個人啊——」

「怎麼？」

「唉，我也承認你是具有與眾不同的才華。」

「謝謝，哎呀，其實我眞的打算要找你和佐藤，四個人一起去的。」

「那阿福呢？如果不是阿福，就沒辦法借到擴大機和喇叭了吧。」

「是啊是啊。」

「城串呢？城串就賣了九十張票喔，高工老大那件事也多虧他幫忙吧，還有增垣，不是也借我們八釐米攝影機嗎？成島、大瀧，還有中村也是，不但負責賣票，還說要去會場幫忙。」

「幸好有大家幫忙哪。」

「那是什麼話！結束之後，難道不應該請個客，對大家表達感謝之意嗎？這才禮貌吧？雖然說你總是這個樣子，可是當我從佐藤那裡聽到牛排的事情還是覺得很難過，這的確全都是你的點子，可是只憑一個人什麼也做不成吧？」

啊啊，沒想到自己竟然是個如此自私的人，我因此而開始討厭自己，眼中流下了淚水……以上純屬虛構，其實我的眼裡仍然只有純白的桌巾、插著一朵玫瑰的花瓶、銀製餐具、冒著熱氣的牛排、高級酒杯，以及珍淑女雙頰泛紅的臉龐。曾在某人的小說中看過，呈血色的葡萄酒（眞正的紅酒，而不是偶爾偷喝的那種赤玉甜味葡萄酒），能夠令女人失去理智。失去理智！失去理智的珍淑女會……

「白癡啊，瞧你暗自竊喜的模樣，還會想什麼，八成是在幻想讓松井喝了紅酒，然後和她打啵吧。」

實在**令人吃驚**。阿達馬雖然不善於打造自己獨特的思考模式，但是在看穿他人思考模式這方面卻展現出天才的光芒。

「不對不對，我是正在反省。」

我語帶詼諧地用標準語如是說，可是阿達馬並沒有笑。

一方面也因爲牛排與紅酒的美夢破碎，望著逐漸失去色彩的天空，我不禁開始感傷，心裡想著自己到底爲了什麼會來到這種地方。

部分原因可能是面臨關礦的煤礦鎭的公車站氣氛吧。當然，還有一份擔心阿達馬會從此唾棄我的不安。

「算了，這也是無可奈何的事。」

看著無精打采的我，阿達馬這麼喃喃說道，彷彿在安慰他自己似的。

「劍，你是O型的吧？」

我點點頭。

「O型的人，好像不太會爲其他人設想喔，啊，而且你是雙魚座對吧？雙魚座又是最任性的了，喔，還有，長子對吧？下面只有一個年紀相差很多的妹妹，是家裡唯一的男孩，綜合起來，或許才會這樣令人無可奈何吧。」

阿達馬漏了一點。除了雙魚座，O型，獨子之外，我還是個祖母帶大的孩子。

「像劍這樣的人，搞不好不任性反而會完蛋喔。」

阿達馬這麼說，視線落在發出沙沙聲響的飼料袋上。

「劍。」

「哎呀，我啊，是眞的打算要邀你和佐藤的。」

「那都無所謂了，我是說，那些雞，會不會覺得寂寞呢？」

阿達馬說的是那二十隻左右，被隔離在雞舍一隅的雞。關在雞舍裡面被強制餵食的白肉雞們；不論是雞或是人，只要稍微表現反抗的姿態，就會遭到隔離。

「嘉年華結束後，不要把牠們賣給肉販，找個山區放生好了。」

阿達馬看著飼料袋這麼說。

晴朗的勤勞感謝日，有將近五百名高中生來到勞動會館。

大瀧、成島和增垣等這些前北高全共鬥的人，在會場入口處分發「粉碎畢業典禮」的傳單，偶爾還會戴起安全帽演講。城串裕二一夥用髮油將頭髮定型，穿著西裝，和同行的純和、山手，還有高職的女生們傳著小瓶威士忌輪流喝。高中女生們的打扮形形色色。雖然穿制服的不少，可是其他還有染髮、搽蔻丹、塗口紅、緊身裙、百褶裙、粉紅開襟毛衣、花朵圖案的洋裝、牛仔褲等等各式各樣的打扮。

岩瀨甚至連我們都瞞著，偷偷油印了詩集來賣，一本十圓。高工老大那幫人也出現了，可是沒帶木刀，八成是來監視長山美繪的開幕表演吧。當搽了蔻丹的山手學園女生手裡夾著香菸跟他們搭訕時，這些硬派竟然還會臉紅。四個黑人大兵要求進場，我同意了。在嘉年華會上，除了殺人之外，一切都不禁止。「四拍子」的老闆和「道」的女服務生也來了。女服務生還買了一束花來送給阿達馬。

北高英語話劇社的女生買了好多氣球，在會場裡放飛。替我們擺平高工老大那個麻煩的角頭和一個朋友拉了個攤子來，賣起煮花枝和蘋果甜點。

長山美繪將晨褸穿在泳裝外面，在聚光燈下，配合著《布蘭登堡協奏曲第三號》登場，用斧頭砍破以三夾板和硬紙板製作的佐藤榮作、詹森，以及東京大學正門的像。

「腔棘魚」開始演奏齊柏林飛船的Whole Lotta Love。不用說，阿福還是滿嘴Don't you know, Don't you know。第一個開始跳舞的是安・瑪格麗特。似乎是爲了在演戲時能夠放鬆，她跳起舞來，藍色長袖運動服下的胸脯搖晃著。黑人大兵吹著口哨，長山美繪隨即加入，那雙裹著招牌的黑緞緊身褲的腿開始踏出舞步。我將燈光打向兩人。長山美繪那鑲有銀絲的襯衫在燈光下閃閃發亮。彷彿受到那光芒所吸引，跳舞的圈子不斷擴張，四處傳來氣球爆破的聲音。隔著話劇和電影，「腔棘魚」一共演奏了三回。看到自己臉部的特寫出現在銀幕上，岩瀨很害羞地笑了。「這種電影我完全看不懂。」混血兒角頭來到我身邊這麼說。可是混血兒角頭並沒有離開的意思。沒有任何人離去。天使則一直待在我身旁。「腔棘魚」第二回秀的時候，〈淚痕〉（As Tears Go By）這首歌一響起，我和天使就面對面凝視著對方，開始搖擺起來。

看起來不快樂的，就只有搖搖晃晃在會場地板上走來走去的雞了。

特製肉包與啤酒加上大笑的慶功宴之後，我和天使，兩個人沿著河邊的小路漫步。安排我倆獨處的是阿達馬。阿達馬用這兩人獨處的秋夜散步，作爲牛排與紅酒的補償。

河面映著月亮。

「轉眼之間就結束了喔。」

天使這麼說。

「噯，我，看起來會不會很好笑？」

「電影？」

「嗯，會很好笑嗎？」

「不會……」

我想說「很美呀」，可是口乾舌燥講不出話來。河濱小道的中途有個小公園，裡面有翹翹板和浪船。我們並肩坐在浪船上。在我聽來，浪船的咿軋聲比吉米・佩吉的吉他獨奏還要引人遐思。

「我一直覺得矢崎同學很像哪個人，今天總算想到了。」

「誰？」

「中原中也。」

由於頭腦一片混亂，我一時之間想不起中原中也是哪一號人物。有那麼一個演員嗎？我心裡想。因爲沒有人說過我像哪個演員，我才想起來是個詩人。一個早逝的詩人。

「我有個問題。」

我壓抑著欲裂的胸口，決定說出心裡想說的話。

「有過接吻的經驗嗎？」

天使笑了出來。我難爲情地從頭頂紅到了腳趾。天使慢慢止住了笑，直看著我，搖搖頭。

「很奇怪嗎？」

她這麼說。

「大家，是不是都有過接吻的經驗了呢？」

「不知道。」我只能像個傻瓜一樣這麼回答。

「我沒有接吻過，自己喜歡鮑布·迪倫還有唐納文這些人的情歌，卻連接吻的經驗都沒有。」

說完，天使閉上眼睛。浪船停了下來。快點快點快點快點快點，心臟鼓動著。我從浪船下來，站在天使面前。發抖的部位不只膝蓋而已。全身都像是配合著河面上晃動的月影一樣顫抖著。呼吸變得困難，很想當場逃走。我蹲下身，仔細看著**天使的唇**。我覺得那好像是一種自己從來不曾看過的，造型奇特的生物。那美麗的生物，在月亮與街燈微弱的光線下呈現淡淡的粉紅色，微微顫抖著，呼吸著。我實在沒有去碰觸的勇氣。

「松井。」

聽到我的聲音，天使睜開眼睛。

「到了冬天，我們去看海吧。」

我好不容易才擠出這麼一句話。

天使露出微笑，點點頭。

美好的一天

It's A Beautiful Day

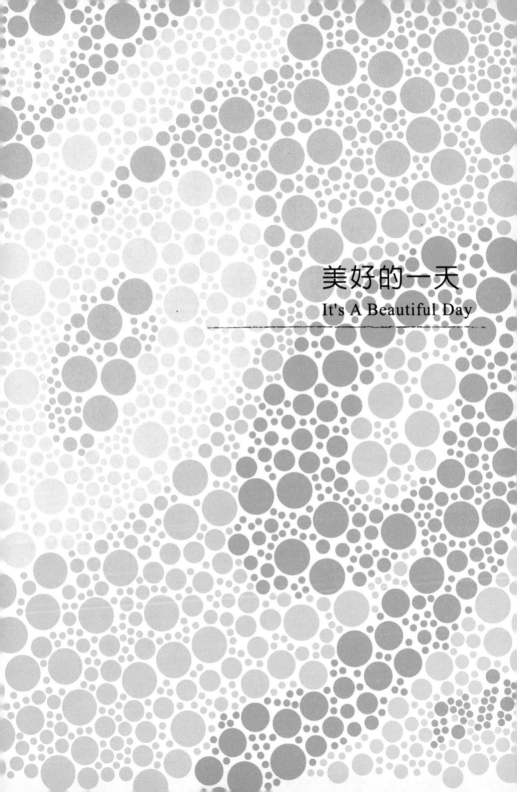

祭典之後，我不知如何過日子。

這是三歲那年夏天，我第一次去看盂蘭盆舞時的事情，聽老爸說的。三歲的我，注意力完全被高台上的大鼓所吸引。踏著還不穩的步子，穿過跳舞的人群，一直朝大鼓的方向走去。

用木頭棒子，敲擊蒙了皮的大型筒狀物，那規律卻直接令人身體搖撼的聲音，讓我的眼睛發亮，老爸當時不由得產生「啊，這孩子該不會變成一個搞祭典的人吧」的不祥預感。

一九六九年，十七歲時的「晨間勃起祭」自然不在話下，即使到了身為三十二歲的小說家的現在，我仍然覺得自己不斷在追求慶典。

震撼了三歲幼兒的高台大鼓聲，延續到五〇年代的爵士樂以及六〇年代的搖滾樂，甚至促使我遠赴地球另一端體驗嘉年華會。那究竟是怎麼回事呢？

那很可能是一種想要**永遠快樂**的心理吧。

位於九州西端，面向大多時間都是風平浪靜的海灣，美軍基地城市佐世保的冬天，總讓人覺得有些滑稽。

即使如此，祭典結束後的我，心中仍然期待冬天到來。

因爲我和天使珍淑女約好，冬天要去看海。

那一天，是聖誕夜。

我們約了在市公車總站碰面。爲了這一天，我幫老媽按摩肩膀兩個小時，還一面聊天討好，好比「大學？我一定會好好考的啦，我繼承了你們兩人的血統，搞不好也很適合當老師喔，對了，我突然想到，也許是因爲媽一直都是教低年級，看起來總是那麼年輕，就連山田都說過，劍的媽媽好像『戰地鐘聲』裡的英格麗・褒曼。」「少在那裡胡扯八道了。」「哎呀，媽，別這樣說自己的兒子嘛。」「英格麗・褒曼可眞是個美人哪，以前，我和你老爸去看的，有一部她和亨弗利・鮑嘉，最後在機場道別的電影對吧？」「啊，我知道，是『北非諜影』。」「沒錯沒錯。」「我是說眞的，照相簿裡不是有我念幼稚園的時候，大家一起去旅行拍的照片嗎？那張看起來就跟英格麗・褒曼一模一樣。」「怎麼變得這麼油嘴滑舌啦，你說哪裡像了？」等等，才讓她買了一件McGREGOR的連帽外套給我。

奶油色的外套，內側有橘色的圍領，前面是雙重拉鍊。在VAN的鞋襪、長褲，以及毛衣外面，再穿上這件外套。如果這身打扮走訪小漁村，再用標準語說「這些魚乾是比目魚嗎？喔不，應該是飛魚吧？」的話，漁夫們一定會以爲我是東京人……想到這裡我不禁竊笑，同時用老爸的Vitalis髮水抹了抹兩鬢。

天使先到，身穿深藍色外套和長統鞋，提了個籃子。在公車總站的雜沓人群中，當我走近那有如迪士尼的小鹿班比的眼眸時，覺得這簡直就如同電影裡的場景。甚至還覺得有人正拿著攝影機在某處拍攝。我經過一個唱著聖誕歌曲的幼童身旁，摸了摸他的頭。聖誕夜，加上VAN的毛衣與McGREGOR的外套，還有眼眸有如小鹿的女朋友相伴的小旅行，如果世界上所有的人都能共享我這時的心情，可能全世界所有的矛盾都會一掃而空吧。可能再也不會有戰爭了。或許恬靜的微笑將會成爲唯一的秩序吧。

我們的目的地是唐津。

公車上沒什麼人。會在聖誕夜這天去海邊的，大概就只有喜歡賽門與葛芬柯、抒情而知性的高中生情侶，要不然就是無力撐到過年，決定舉家自殺的軟弱家庭吧。

唐津有美麗的松林，面向開闊的海域，是一個因爲海浪稍高的海水浴場以及唐津陶瓷而聞名的城鎮。

「松井，妳會去考大學吧？」

「嗯，應該會。」

「已經決定學校了嗎？」

「津田塾和東女，應該還有東短。」

因爲我沒看《高三課程》或《螢雪時代》，不知道東短是指哪裡。從那發音聽來，好像是一所很好玩的大學，便表示我也想去考考看。「咦，那是東女的短大耶。」天使笑著說，「哎呀，當然是開玩笑的嘛。」我滿臉通紅地說。（譯注：前者爲學習研究社的升學雜誌；後者是旺文社出版的大學升學情報雜誌，取車胤囊螢與孫康映雪之意。東女則是指東京女子大學。）

「矢崎同學呢？你們班上的同學，都要考醫學系喔？」

「嗯，九成是醫學系，可是我已經不成了。」

「這樣喔，如果有一個矢崎同學這樣的醫生，我倒是很想讓他看病。」

這番話到底是什麼意思呢？這令我緊張。難道是要敞開內衣讓我觸摸胸部，躺下來打開雙腿……這種妄想好像爆炸一樣在腦袋裡不斷擴大，可是我覺得在公車上就這樣對心臟不太好，便回想阿達馬的臉，想著他對我說：「不准想那些下流的事！」讓身體裡的那把火冷卻下來。

公車的終點站在唐津市街上。「現在季節不對，可別去海邊喔。」公車車掌這麼說。聽起來像是嫉妒我們的關係，存心破壞似的。

距離海邊還相當遠。我心裡想，現在才上午十點，步行三十分鐘抵達海邊是十點半，在冬天的海邊能待上多少時間呢？天使的提籃裡想必是便當，應該是好吃到令人想要流眼淚才對，可是中午就吃掉的話，接下來就無事可做，而且還會無法忍受寒風，很可能發展成「我們回去吧」的狀況，應該安排一個浪漫的**黃昏**，能夠將一切都溫柔融合的淡紫色空氣，那種空氣，應該能夠爲我剝去人類無用的理智吧。

「噯，松井，妳喜歡看電影嗎？」

唐津市街，有遮雨頂棚的商店街入口，掛著電影看板。「冷血」，結果就是這部電影打碎了我的夢想。

「嗯，喜歡。」

「妳看那邊，知道『冷血』這部片嗎？」

眞要命，半桶水的毛病又犯了。

「不，我不知道。」

「告訴妳，那是由楚門・卡波提（Truman Capote）的原著改編的電影，可是名作中的名作喔。」

於是乎，爲了能夠在海邊迎接夕陽，我提議去看「冷血」，可是這部由卡波提原著改編的社會派電影，完全不適合一對今天說不定就要迎接甜美初吻的十七歲情侶。這是一部刻劃細膩，紀錄片風格的電影，描述兩個擁有不幸過去的男人犯下滅門血案，最後被送上電椅的故事。飾演犯人的演員牙齒不全，又是黑白片，勒死人的鏡頭又眞實到不必要的地步，連我都不由得撇開眼睛，再加上電影院的椅背也破洞，還有股廁所的臭味。

「冷血」讓天使累了。沒有比這個更晦暗而又寫實的犯罪紀錄片了，何況放映時間竟然還長達二小時四十分鐘。其間天使一再矇住眼睛，輕呼「哎呀」、「怎麼這樣」。

在疲倦、反省，以及後悔之下，我沒有辦法和天使說話。

走去海邊時，我倆一路上都沒開口。

「矢崎同學，要不要吃便當？」

抵達颳著強風的海邊，天使這麼說，然後從籃子裡拿出用鋁箔紙包著的三明治。夾了乳酪、火腿、蛋，還有蔬菜的三明治，不但附了擦手巾和荷蘭芹，甚至還有炸雞。而且爲了方便拿著吃，炸雞還以鋁箔裹著，上面並且用粉紅色緞帶打了裝飾的結。

「哇，一定很好吃！」

我大聲這麼說，可是「冷血」的震撼仍然未消，覺得嘴裡、食道，還有胃都乾乾的。不過我還是塞了滿嘴的三明治。

風很大，可以看見遠處玄海灘高湧的白浪，有時海沙飛起，我們就得趕快遮住臉和籃子。

「那部電影眞可怕喔。」

天使邊說邊拿著水壺倒紅茶。

「累了嗎？」

「嗯，有一點。」

「對不起。」

「爲什麼這麼說？」

「難得的一次約會，卻帶妳去看那種電影。」

「可是，那不是有名的作品嗎？」

「嗯，雜誌上介紹過。」

「不過，眞的需要嗎？」

「什麼？」

「眞的需要那個樣子的名作嗎？」

「怎麼說？」

「那是眞實的事件嗎？」

「沒錯，是眞的發生過的事情。」

「爲什麼要特地拍成電影呢？我們不是已經知道了嗎？」

「知道？什麼意思？」

「我們不是已經知道，世界上存在著殘酷的事情了嗎？好比越南啦，還有，以前的猶太集中營，可是我覺得，不必特地拍攝這種電影嘛，爲什麼非得拍成電影不可呢？」

我無言以對。我明白天使的意思。「爲什麼非要特地讓我們看醜陋、齷齪的東西不可呢？」小鹿般的眼眸這麼問，我卻找不到答案。

松井和子溫柔、美麗又聰明，在充滿愛的環境中長大。即使「冷血」中所描述的世界意外地就近在身旁，即使必須一直直視，最重要的還是天使最後所說的：「我希望，能夠一直像布萊恩．瓊斯的，大鍵琴琴聲那樣的感覺活下去。」

三明治根本沒怎麼吃，我們便離開了冬天的海邊。實在不適合接吻。

就這樣，一九六九年結束了。

阿達馬目前在福岡，是個發行人。因爲出身於煤礦鎮那種極度偏遠的地方，他無可救藥地嚮往洋化的職業。九年前我因處女作小說成爲百萬暢銷書而聲名大噪的時候，阿達馬曾經去找被稿約綁在赤坂的高樓飯店的我。現在已經不會如此了，可是當時阿達馬的來訪卻令我非常痛苦。我因爲突然成名而處於緊張狀態，一直提防著避免被拉回過去與阿達馬玩在一起的時日。沒聊些什麼，只是喝了咖啡壺裡快涼掉的剩咖啡，阿達馬就回去了。之後我嚐了嚐那咖啡後覺得，竟然讓一同度過十七歲的朋友喝這種味道的咖啡，自己實在是個差勁的人。

「腔棘魚」的貝斯手兼主唱阿福目前也住在福岡，經營唱片行。一家爵士唱片行。偶爾也會企劃音樂會。一有新的騷沙或雷鬼的好唱片到貨，就會送來給我。每次碰面，我們都會唱珍妮絲・賈普林。忘記歌詞的時候，還是一樣Don't you know, Don't you know。

北高全共鬥的大瀧與成島，現在已經失去聯絡，不過上京當時，我曾去他們的租屋處拜訪。他們通過檢定考試，上了都立大學。房間裡堆著安全帽、木棍和傳單，還有個脂粉未施、穿著襯衫牛仔褲的女孩子。我們聽著吉田拓郎，吃了札幌一番鹽味拉麵。

城串裕二成爲醫生。還在念醫學系的時候，我們曾經見過一次。到目前爲止，看到醫學系學生證還拒絕一夜情的夜總會女郎，我只遇過兩個咧，城串這麼說。

妖姬安・瑪格麗特，佐藤由美，婚姻幸福，應該還在佐世保。

岩瀨，我上京當時經常和他見面，但是這幾年已經失去聯絡。聽說他在池袋的夜總會駐唱，不知是否屬實。原本他和一個立志成爲畫家的女孩子同居，最後一次見面時，聽他說已經分手了。

長山美繪，當了美容師。

爵士俱樂部「四拍子」的安達老闆，自殺身亡。

負責偵訊我的佐佐木刑警調職去了鹿兒島。每年都會寄賀年卡給我。

「恭喜新年好，最近的不良少年眞是一點都不可愛了……」

高工老大，在佐世保重工上班時被衝壓機壓斷四根手指，已經放棄劍道。

川崎和相原兩位體育老師，因爲工作調動離開了佐世保。

級任松永老師已從北高退休，聽說在某女高擔任講師。我成爲小說家之後，他還一度以與高中時相同的語氣說教。

「矢崎，能不能去剪個頭髮？太難看了。」

校園封鎖行動的第二天，揪著我的領子哭的學生會書記長，就讀京大時加入赤軍派，後來在新加坡遭到逮捕。

在校長室辦公桌上屙屎的中村，在長崎從事活動企劃的工作。有一回我去演講時，他還一臉高興地說：「原本我還擔心拉屎的事情哪天會被你給寫出來，你終於寫啦。」

與天使珍淑女・松井和子的戀情，於一九七〇年二月，一個下著雨的星期天，因為她單方的**變心**而結束了。

因為天使交了一個比她年長的男朋友。

在那男朋友上了九大的醫學系，天使則進了東短之後，**關係已經趨於平淡**的我們，還以吉祥寺為中心約會了好幾次。井之頭公園的櫻花散落的時候，天使說打算要跟男朋友結婚。當天晚上我喝了三多利威士忌角瓶一瓶、白標半瓶，還有一瓶赤玉葡萄酒，吃了咖哩飯和牛肉蓋飯各兩份，然後半夜狂吹長笛，結果吵到同棟公寓的年輕流氓而挨了他四拳。

我成為小說家之後，還曾接到好幾次她的來信，還有一通電話。她打來時，我正在聽柏茲．史蓋茲（Boz Scaggs）的（We're All Alone）。
「啊，是柏茲．史蓋茲對吧？」
「嗯，沒錯。」
「還聽賽門與葛芬柯嗎？」
「不，已經不聽了。」
「我想也是，不過我偶爾還會聽。」
「妳好嗎？」
天使沒有回答。那通電話之後，她寫了信來。
……播放著柏茲．史蓋茲，又聽到矢崎同學的聲音，我覺得突然又回到了高中時代。雖然我也很喜歡柏茲．史蓋茲，可是都沒有聽，因爲從去年到今年，淨是些不如意的事情，所以，現在常聽的是湯姆．威茲，想藉此忘掉那些不如意，不過眞的想忘掉不如意，是不是需要另一種生活方式呢？……
信的最後，她用打字機打了一段保羅．賽門的歌詞。
Still crazy after all these years……
想必珍淑女會以布萊恩．瓊斯的，大鍵琴琴聲那樣的感覺活下去吧。

至於曾爲「晨間勃起祭」效力的雞隻，被阿達馬帶去關礦後的煤礦附近山上放生了，還一度上了地方報紙的新聞。

「活力十足，野生化的雞跳飛可達十公尺遠！」

後記

本書的內容，寫的是一九六九年，發生在高中時代的我身邊的部分事情。一九六九年出生的人，現在（一九八七年五月）是否已經是高中生了呢？可以的話，我希望這些朋友能夠一讀本書。

這是一本愉快的小說。

我是在「未來可能不會再寫出如此愉快的小說了吧」的心情下完成了這本書。書中的人物幾乎都是眞有其人，不過我將當時活得很快樂的人都做正面描述，無法快樂生活的人（老師、刑警或其他成人，還有順從而無用的學生們）則寫成糟糕透頂。

不能夠快樂過日子是一種罪。到了今天，我仍然無法忘記在高中時代傷害過我的老師。

除了極少數的老師之外，他們都想要從我這裡奪走非常重要的東西。他們象徵著「無聊」，持續從事將人類變成家畜的工作而不覺得厭煩。那種狀況至今依然沒有改變，可能還變本加厲了。

不過，不論在哪個時代，老師和刑警這些權力的爪牙都很厲害。
如果只是對他們拳腳相向，到頭來有所損失的還是我。
個人以爲，唯一的報復方法就是，活得比他們快樂。
爲了活得快樂，我需要活力。
這是一場戰鬥。
如今我依然繼續進行這場戰鬥。
這場要那些無聊傢伙聽到我的笑聲的戰鬥，或許會至死方休。

本小說曾於《MORE》上連載。
責任編輯水姓眞由美小姐，主編安藤金次郎先生，謝謝兩位。
在此表達謝意。

一九八七、四、二〇　村上龍

解說

林真理子

大概很難找到像村上龍這麼幸福的作家了。

我打從心底這麼認爲。

眾多狂熱的書迷，總是引頸期盼他的新作品問世。編輯們喜歡他，當然，更是受到女性朋友的青睞。

即使成品每每遭致酷評，可是想要出資，想要找他掌鏡的人仍然絡繹不絕。將在電視開常態節目，應該也會創下高收視率。一般來說，做這些事情會被認爲是不務正業，可是他卻著實在文壇獲得了重要的地位。更重要的是，經我在國外的圖書館等地確認過，他已經被視爲日本的代表性作家之一了。

此外，最令人羨慕的是，村上龍這個人，不但瀟灑地完成各種事情，經常還不忘展現輕快的腳法。也不見作家所特有的架子或是彆扭。如同網球的殺球得分般推出力作，其間的空檔，在全世界任何會出現有趣事物的地方，都可能發現他的蹤影。會去看一級方程式賽車、溫布頓網球，或是世界盃足球賽，彷彿只是去鄰鎮聽演唱會一樣。

「我這個人不太喜歡工作，所以都盡早寫完才好去玩。」

會被允許說出這種話，而且適合講這種話的恐怕只有村上龍。

《69》是認識這麼一個村上龍的最佳作品。只不過已經讀遍他的小說的讀者，可能會發覺這本《69》的性質稍有不同。性質雖異卻直刺本質——這是作家描述自己的青春時必然會發生的現象，至於《69》的差異性，該怎麼說才好呢，是徹底的明亮開朗。

當然，村上龍的小說絕不至於晦暗。只是與往常設有陷阱的明快並不相同。帶有危險嘲諷與可怕毒素，但是乍看之下又非常愉快，這樣的比喻潛藏其中，《69》實在是有趣又快樂。

村上龍也在後記中如此表示。

「這是一本愉快的小說。我是在『未來可能不會再寫出如此愉快的小說了吧』的心情下完成了這本書。」

首先，從《69》這個書名開始就捉弄了讀者。將這書名用在知性而時髦的女性雜誌中，正是村上龍的眞實面貌。

故意對中意的女孩子投以卑猥的言語，靠這種淘氣男孩的伎倆，村上龍首先就成功抓住了年輕女孩的心。當然，他的書一發行單行本大概都會隨即成爲暢銷書，應該也會有許多男性讀者吧。《69》這個書名，想必也會讓他們會心一笑。是不是像極了氣沖沖的「龍」直追而來呢？

在書頁中，那條「龍」更是設想周到。對著比自己小一輪的人談自己的青春時期，自然會顯出已有相當年紀。因爲追憶這種行爲，本身就帶有老人家的味道。

爲此，村上龍安排了一九六九年這個朝氣蓬勃的年代。雖然他說是自己覺得最有趣的一年，可是我並不認爲那純屬偶然。

與他相同，曾是鄉下中學生的我依然清楚記得當時的絢爛多采。穿著迷幻系迷你裙的女孩子們大跳康康舞。所謂的「即興表演」大行其道，年輕畫家們用油漆四處塗抹的情景也上了雜誌。深夜的廣播節目裡，DJ每晚用一本正經的語氣侃侃而談。東大的安田講堂那邊玩起了戰爭遊戲，我在電視上看了轉播。

如果是頭腦好，可以看清世事的孩子，那是一個可以發揮的年代。事實上，阻止高中的畢業典禮或是進行聯合抵制的傢伙所在多有。可是我既頭腦不好，也看不清楚任何世事，每天只是看看漫畫，和朋友打打排球而已。

然而《69》的劍則不同。這個看起來明顯是高中時代的村上龍的男孩，非常聰明。是個能夠清楚看清世事的男孩。而且似乎所有的這種男孩都一樣，他也是殘酷到令人害怕的地步。

他之所以極度憎惡老師，只因爲女老師是個醜八怪老處女，男老師則是畢業於佐賀大學。圖式明快，不美麗的事物、悲慘的事物都是惡，美麗的事物則是善。在這種單純性之前，怎麼還會蘊含思想呢？

爲了一個人稱珍淑女的女孩，劍決定發起一場小小的革命。爲了獲得她的認同，他寫標語、設障礙，還懸掛垂幕。這個不純動機的能量驚人。

從這些情節中可以看到村上龍之所以吸引我們的主題。對他而言，能夠實際拿在手上欣賞、能夠仔仔細細舔一遍，用舌頭品嚐，這種快樂就是一切。美少女的觸感、祭典之樂、名爲反體制的遊戲的痛快……相形之下，思想這些東西，豈不是形同黏在腦袋一隅的渣滓了嗎？而且思想會令人消沉。對村上龍來說，消沉的人沒有存在的價值。我敢如此下斷言。

這些消沉人種的形象，出現在諸如佐賀大學國文系，民族系大學等名詞中。至於村上龍一貫的豐富而又殘酷的專有名詞，又該如何看待呢？這是一種語言暴力。可是又有趣到令人莞爾，實在傷腦筋。

爲了保持這種傲慢，村上龍似乎經常想要表現出強者的姿態。校園封鎖東窗事發，被處停學的劍，突然明白了一件事。

「說出來之後，我成了明星。我學到了一件事。若只是自己默默反省，根本就不會有人理睬。」

所以能夠樂在其中的人就贏了，劍清楚地這麼表示。

「就算被退學，我也不會輸給你們。我要，讓你們一輩子都聽到我快樂的笑聲……」

只要讀過後記，就會清楚知道這番話以及村上龍的意圖。比讀我這種嘮嘮叨叨的文章更能夠清楚明白。

「爲了活得快樂，我需要活力。

這是一場戰鬥。

如今我依然繼續進行這場戰鬥。」

這場戰鬥，我曾經稍稍見識過。我們兩人一同進行演講旅行，當時的龍兄實在厲害。

首先大啖美食、暢飲當地好酒，然後前往當地小姐最美的俱樂部。這種時候的他，手段可眞是讓人大開眼界，好像把對方當成來商量校慶活動的高中女生一樣對待。甚至還曾經這樣向我介紹他熟識的酒店小姐。

「這幾位是我的朋友。」

村上龍就是適合這種說話方式的人。

當時我先回飯店，後來聽說他那天唱卡拉ＯＫ唱到天快亮，第二天又去打高爾夫球。

總是心情愉快，圓圓的臉散發出光芒。

這個世界上，還有像村上龍這麼幸福的作家嗎？

國家圖書館出版品預行編目資料

69（復刻版）／村上龍著；張致斌譯. —— 二版
—— 臺北市：大田，2014.07
面；公分. ——（日文系；042）

ISBN 978-986-179-344-3（平裝）

861.57 103011705

日文系 042

69（復刻版）

村上龍◎著
張致斌◎譯

出版者：大田出版有限公司
台北市10445中山北路二段26巷2號2樓
E-mail：titan3@ms22.hinet.net http：//www.titan3.com.tw
編輯部專線（02）2562-1383 傳眞（02）2581-8761
【如果您對本書或本出版公司有任何意見，歡迎來電】

總編輯：莊培園
副總編輯：蔡鳳儀
行銷企劃：張家綺／高欣妤
校對：陳佩伶／張致斌
印刷：上好印刷股份有限公司（04）23150280
二版一刷：二〇一四年（民103）七月三十日 定價：280元
國際書碼：978-986-179-344-3 CIP：861.57／103011705

Copyright © 1987 by Ryu Murakami
All rights reserved.
First published in Japanese in 1987 by Shueisha.
Chinese translation rights arranged with Kodansha International, Ltd.
through BARDON-CHINESE MEDIA AGENCY.

版權所有・翻印必究
如有破損或裝訂錯誤，請寄回本公司更換

廣　告　回　信
台北郵局登記證 台北廣字第01764號
平　信

From：地址：

姓名：

To：**大田出版有限公司（編輯部）收**

台北市 10445 中山區中山北路二段 26 巷 2 號 2 樓
電話：（02）25621383　傳真：（02）25818761
E-mail：titan3@ms22.hinet.net

＊請沿虛線剪下，對摺裝訂寄回，謝謝！

大田精美小禮物等著你！

只要在回函卡背面留下正確的姓名、E-mail和聯絡地址，
並寄回大田出版社，
你有機會得到大田精美的小禮物！
得獎名單每雙月10日，
將公布於大田出版「編輯病」部落格，
請密切注意！

大田編輯病部落格：http：//titan3.pixnet.net/blog/

＊請沿虛線剪下，對摺裝訂寄回，謝謝！

讀者回函

你可能是各種年齡、各種職業、各種學校、各種收入的代表，
這些社會身分雖然不重要，但是，我們希望在下一本書中也能找到你。

名字／＿＿＿＿＿＿＿＿　性別／□女 □男　出生／＿＿＿年＿＿＿月＿＿＿日

教育程度／

職業：□學生 □教師 □內勤職員 □家庭主婦 □SOHO族 □企業主管
□服務業 □製造業 □醫藥護理 □軍警 □資訊業 □銷售業務
□其他＿＿＿＿＿＿＿＿

E-mail/＿＿＿＿＿＿＿＿　電話／＿＿＿＿＿＿＿＿

聯絡地址：＿＿＿＿＿＿＿＿

你如何發現這本書的？　書名：69（復刻版）

□書店閒逛時＿＿＿＿書店 □不小心在網路書站看到（哪一家網路書店？）＿＿＿＿
□朋友的男朋友(女朋友)灑狗血推薦 □大田電子報或編輯病部落格 □大田FB粉絲專頁
□部落格版主推薦＿＿＿＿＿＿＿＿
□其他各種可能 ，是編輯沒想到的＿＿＿＿＿＿＿＿

你或許常常愛上新的咖啡廣告、新的偶像明星、新的衣服、新的香水……
但是，你怎麼愛上一本新書的？

□我覺得還滿便宜的啦！ □我被內容感動 □我對本書作者的作品有蒐集癖
□我最喜歡有贈品的書 □老實講「貴出版社」的整體包裝還滿合我意的 □以上皆非
□可能還有其他說法，請告訴我們你的說法
＿＿＿＿＿＿＿＿

你一定有不同凡響的閱讀嗜好，請告訴我們：

□哲學 □心理學 □宗教 □自然生態 □流行趨勢 □醫療保健 □財經企管 □史地 □傳記
□文學 □散文 □原住民 □小說 □親子叢書 □休閒旅遊 □其他＿＿＿＿＿＿＿＿

你對於紙本書以及電子書一起出版時，你會先選擇購買
□紙本書 □電子書 □其他＿＿＿＿＿＿＿＿

如果本書出版電子版，你會購買嗎？
□會 □不會 □其他＿＿＿＿＿＿＿＿

你認為電子書有哪些品項讓你想要購買？
□純文學小說 □輕小說 □圖文書 □旅遊資訊 □心理勵志 □語言學習 □美容保養
□服裝搭配 □攝影 □寵物 □其他＿＿＿＿＿＿＿＿

請說出對本書的其他意見：

大田出版有限公司編輯部 感謝您！